Georges Simenon, écrivai[...] [...]
Liège en 1903. Il décide [...]
lorsqu'il devient journalis[...]
chargé des faits divers pui[...]
rumeurs de sa ville. Son pr[...] [...]ne sous le pseudo-
nyme de Georges Sim, paraît en 1921 : *Au pont des Arches,
petite histoire liégeoise.* En 1922, il s'installe à Paris avec son
épouse peintre Régine Renchon, et apprend alors son métier
en écrivant des contes et des romans-feuilletons dans tous les
genres : policier, érotique, mélo, etc. Près de deux cents romans
parus entre 1923 et 1933, un bon millier de contes, et de très
nombreux articles...
En 1929, Simenon rédige son premier Maigret qui a pour titre :
Pietr le Letton. Lancé par les éditions Fayard en 1931, le com-
missaire Maigret devient vite un personnage très populaire.
Simenon écrira en tout soixante-douze aventures de Maigret
(ainsi que plusieurs recueils de nouvelles) jusqu'à *Maigret et
Monsieur Charles,* en 1972.
Peu de temps après, Simenon commence à écrire ce qu'il
appellera ses « romans-romans » ou ses « romans durs » : plus
de cent dix titres, du *Relais d'Alsace* paru en 1931 aux *Inno-
cents,* en 1972, en passant par ses ouvrages les plus connus :
La Maison du canal (1933), *L'homme qui regardait passer les
trains* (1938), *Le Bourgmestre de Furnes* (1939), *Les Inconnus
dans la maison* (1940), *Trois Chambres à Manhattan* (1946),
Lettre à mon juge (1947), *La neige était sale* (1948), *Les Anneaux
de Bicêtre* (1963), etc. Parallèlement à cette activité littéraire
foisonnante, il voyage beaucoup, quitte Paris, s'installe dans les
Charentes, puis en Vendée pendant la Seconde Guerre mon-
diale. En 1945, il quitte l'Europe et vivra aux Etats-Unis pendant dix ans ; il y épouse Denyse Ouimet. Il regagne ensuite la
France et s'installe définitivement en Suisse. En 1972, il décide
de cesser d'écrire. Muni d'un magnétophone, il se consacre
alors à ses vingt-deux *Dictées,* puis, après le suicide de sa fille
Marie-Jo, rédige ses gigantesques *Mémoires intimes* (1981).
Simenon s'est éteint à Lausanne en 1989. Beaucoup de ses
romans ont été adaptés au cinéma et à la télévision.

GEORGES SIMENON

La Mort de Belle

PRESSE DE LA CITÉ

A mon ami Sven Nielsen,
en toute affection.

PREMIÈRE PARTIE

1

Il arrive qu'un homme, chez lui, aille et vienne,
fasse les gestes familiers, les gestes de tous les
jours, les traits détendus pour lui seul, et que,
levant soudain les yeux, il s'aperçoive que les
rideaux n'ont pas été tirés et que des gens
l'observent du dehors.

Il en fut un peu ainsi pour Spencer Ashby. Pas
tout à fait, car, en réalité, ce soir-là, personne ne
lui prêta attention. Il eut sa solitude comme il
l'aimait, bien épaisse, sans un bruit extérieur, avec
même la neige qui s'était mise à tomber à gros flocons et qui matérialisait en quelque sorte le
silence.

Pouvait-il prévoir, quelqu'un au monde pouvait-
il prévoir, que cette soirée-là serait ensuite étudiée
à la loupe, qu'on la lui ferait presque littéralement
revivre sous la loupe comme un insecte ?

Qu'avait-on servi à dîner ? Pas de soupe, pas d'œufs, pas de *hamburgers* non plus, mais un de ces plats que Christine préparait avec des restes et dont ses amies, pour lui faire plaisir, lui demandaient la recette. Cette fois, on reconnaissait des bouts de différentes sortes de viande, y compris du jambon, ainsi que quelques petits pois sous une couche de macaroni gratiné.

— Tu es sûr que tu ne m'accompagnes pas chez les Mitchell ?

Il faisait très chaud dans la salle à manger. On chauffait fort la maison, par goût. Il se souvenait que sa femme, en mangeant, avait le sang aux pommettes. Cela lui arrivait souvent. Ce n'était d'ailleurs pas vilain. Bien qu'elle eût à peine dépassé la quarantaine, il l'avait entendue parler de retour d'âge à une de ses amies.

Pourquoi ce détail du sang aux joues lui remontait-il à la mémoire, alors que le reste du repas était noyé dans une lumière sirupeuse d'où rien n'émergeait ? Belle était là, sûrement. Il savait qu'elle y était. Mais il ne se rappelait pas la couleur de sa robe, ni le sujet de la conversation, pour autant qu'elle ait parlé. Puisque lui-même s'était tu, les deux femmes avaient sûrement causé entre elles et, d'ailleurs, quand on avait servi les pommes, le mot cinéma avait été prononcé, sur quoi Belle avait disparu.

S'était-elle rendue au cinéma à pied ? C'était possible. Il y avait à peine un demi-mille de marche.

Il avait toujours aimé marcher dans la neige, surtout la première neige de l'année, et c'était un plaisir de penser que, dès maintenant et pour des mois, les bottes de caoutchouc allaient être alignées à droite de la porte d'entrée, sous la véranda, près de la large pelle à neige.

Il avait entendu Christine placer les assiettes et les couverts dans la machine à laver la vaisselle. C'était le moment où il bourrait une pipe, debout devant la cheminée. A cause de la neige, malgré le chauffage central, Christine avait allumé deux bûches, non pas pour lui, qui ne restait guère dans le living-room, mais parce qu'elle avait eu des amies pour le thé.

— Si je ne suis pas rentrée quand tu te coucheras, ferme la porte. J'ai la clef.

— Et Belle ?

— Elle assiste à la première séance et sera de retour à neuf heures et demie au plus tard.

Tout cela était si familier que cela en perdait pour ainsi dire toute consistance. La voix de Christine venait de la chambre à coucher, et lui, en arrivant devant la porte, la voyait assise au bord du lit, occupée à passer son pantalon en jersey de laine rouge qu'elle venait de retrouver, et qui sentait encore un peu la naphtaline, car elle ne le portait que l'hiver quand elle sortait. Pourquoi détournait-il la tête comme si cela le gênait d'apercevoir la robe troussée ? Pourquoi, de son côté, avait-elle un mouvement comme pour la rabattre ?

Elle était partie. Il avait entendu l'auto s'éloigner. Ils habitaient à deux pas du village, presque en plein village, mais on n'en avait pas moins besoin de la voiture pour aller n'importe où.

Avant tout, il avait retiré son veston, sa cravate, ouvert le col de sa chemise. Puis il s'était assis au bord du lit, juste à la place où sa femme s'était assise avant lui, et qui était encore tiède, pour mettre ses pantoufles.

N'est-ce pas curieux qu'il soit difficile de se rappeler ces gestes-là ? Au point d'être obligé de se dire :

« Voyons. J'étais à tel endroit. Qu'est-ce que j'ai fait ensuite ? Qu'est-ce que je fais chaque jour au même moment ? »

Il aurait pu oublier qu'il s'était rendu dans la cuisine, où il avait ouvert le Frigidaire pour prendre sa bouteille de soda. Et aussi qu'en traversant le living-room, la bouteille à la main, il s'était penché pour saisir d'abord le *New York Times* qui se trouvait sur un guéridon, ensuite sa serviette sur la tablette du portemanteau. C'était toujours ainsi, les bras encombrés, qu'il gagnait son cagibi, et le problème se posait chaque fois d'en ouvrir et d'en fermer la porte sans rien laisser tomber.

Dieu sait ce que cette pièce avait été jadis, avant qu'on modernisât la maison. Peut-être la buanderie ? Une souillarde ? Une remise à outils ? Ce qu'il aimait, justement, c'est qu'elle ne ressemblait pas à une pièce ordinaire : d'abord parce que, sous l'escalier, le plafond était en pente ; ensuite, parce qu'on y accédait en descendant trois marches et que le sol était en larges pierres irrégulières ; enfin parce que l'unique fenêtre était si haut placée qu'on l'ouvrait à l'aide d'une ficelle et d'une poulie.

Il avait tout fait de ses mains : la peinture, les rayonnages le long des murs, le système compliqué d'éclairage et, dans une vente, il avait trouvé la carpette qui recouvrait les dalles au pied des marches.

Christine jouait au bridge chez les Mitchell. Pourquoi, en pensant à elle, lui arrivait-il de penser : « maman », alors qu'elle était juste de deux ans plus âgée que lui ? A cause de certains de leurs amis qui avaient des enfants et qui, devant ceux-ci, appelaient parfois leur femme maman ? Il n'en était pas moins gêné quand, en lui parlant, le mot lui venait aux lèvres, et il en éprouvait un certain sentiment de culpabilité.

Si elle ne jouait pas au bridge, elle discutait politique, ou plutôt des besoins et de l'amélioration de la communauté.

C'était de la communauté aussi qu'il s'occupait, au fond, puisque, seul dans son cagibi, il corrigeait les devoirs d'histoire de ses élèves. Il est vrai que *Crestview School* n'était pas une école locale. C'était même tout le contraire, puisque l'institution recevait surtout des élèves de New York, de Chicago, du Sud et d'aussi loin que San Francisco. Une bonne école préparatoire à l'Université. Pas une des trois ou quatre que les snobs citent à tout propos, mais une école sérieuse.

Christine avait-elle tellement tort, dans son sens de la communauté ? Tort, certes, d'en trop parler, d'une façon catégorique, faisant à chacun un devoir de s'en occuper. Dans son esprit, c'était net, les deux mille et quelques habitants de la localité constituaient un tout ; les uns étaient unis aux autres non par un vague sentiment de solidarité ou de devoir, mais par des liens aussi étroits et compliqués que ceux qui sont à la base des grandes familles.

N'en faisait-il pas partie, lui aussi ? Il n'était pas du Connecticut, mais de plus haut, en Nouvelle-Angleterre, du Vermont, et il n'était arrivé ici qu'à l'âge de vingt-quatre ans pour occuper son poste de professeur.

Depuis, il avait creusé son trou. S'il avait accompagné sa femme, ce soir, chacun lui aurait tendu la main en s'exclamant :

— Hello ! Spencer !

On l'aimait bien. Il les aimait bien aussi. Il avait

plaisir à corriger les devoirs d'histoire ; plus de plaisir qu'avec ceux de sciences naturelles. Avant de se mettre au travail, il avait pris dans le placard la bouteille de scotch et un verre, l'ouvre-bouteilles dans le tiroir. Tous ces menus gestes, il les accomplit sans s'en rendre compte, sans savoir ce qu'il pouvait bien penser en les accomplissant. Quelle tête aurait-il eue sur une photographie qu'on aurait prise à l'improviste ce soir-là ?

Or on allait faire bien pis que ça !

Il ne buvait jamais son whisky plus fort ni moins fort, et un verre durait environ une demi-heure.

Un des devoirs était de Bob Mitchell, chez les parents de qui Christine jouait au bridge. Son père, Dan, était architecte et avait l'intention de solliciter un poste de l'Etat, ce qui l'obligeait à recevoir des personnages officiels.

Pour le moment, Bob Mitchell ne méritait pas plus d'un six en histoire, et Spencer traça le chiffre au crayon rouge.

De temps en temps, il entendait un camion qui peinait dans la côte, à trois cents mètres de là. C'était à peu près le seul bruit. Il n'y avait pas d'horloge dans le cagibi. Spencer n'avait aucune raison de regarder l'heure à sa montre. Il ne dut pas mettre beaucoup plus de quarante minutes pour corriger les devoirs, et il rangea les cahiers dans sa serviette, reporta celle-ci dans le living-room, par une vieille habitude de préparer le soir les choses pour le lendemain. C'était au point que, quand il devait partir de très bonne heure, il se rasait avant de se coucher.

Il n'y avait pas de volets aux fenêtres, seulement des stores vénitiens, et ceux-ci étaient levés. Il arrivait qu'on ne les fermât qu'au moment d'aller se coucher, même qu'on les laissât ainsi pour la nuit.

10

Il regarda un moment dehors la neige qui tombait, vit de la lumière chez les Katz, aperçut Mrs Katz au piano. Elle était vêtue d'une robe d'intérieur vaporeuse et jouait avec animation, mais il n'entendait rien.

Il tira sur la corde pour descendre le store. Le geste ne lui était pas familier. D'habitude, c'était dans les attributions de Christine. Quand elle entrait dans la chambre à coucher, en particulier, son premier soin était de se diriger vers la fenêtre et de saisir la corde ; après quoi, on entendait le bruit des lattes qui tombaient.

Il alla dans la chambre à coucher, justement, pour changer de pantalon et de chemise ; le pantalon de flanelle grise qu'il prit dans son placard était criblé d'une fine sciure de bois.

Retourna-t-il dans la cuisine ? Pas pour y prendre de l'eau gazeuse, car la bouteille lui durait toute la soirée. Il se souvenait vaguement d'avoir touché aux bûches du living-room, d'être allé dans le cabinet de toilette.

Pour lui, ce qui comptait, c'est l'heure qu'il avait passée ensuite à son tour, où il travaillait à un pied de lampe compliqué. Son cagibi était davantage un atelier qu'un bureau. Spencer avait surmonté d'autres difficultés déjà et tourné d'autres objets en bois que des pieds de lampe : Christine en avait donné à la plupart de ses amies. Elle en utilisait aussi chaque fois qu'il y avait une tombola ou un bazar de charité. Récemment, il s'était passionné pour les pieds de lampe, et celui-ci, s'il le réussissait, servirait de cadeau de Noël pour sa femme. C'était Christine qui lui avait offert le tour, à Noël, justement, quatre ans plus tôt. Ils s'entendaient bien tous les deux.

Il avait mélangé son second whisky. Pris par son

travail, il fumait à si petites bouffées qu'on aurait pu croire sa pipe éteinte et qu'il était parfois obligé de la ranimer en tirant quelques coups précipités.

Il aimait l'odeur du bois que le tour pulvérisait, et aussi le vrombissement de la machine.

Il avait dû fermer la porte du cagibi. Il fermait toujours ses portes derrière lui avec l'air de se blottir dans les pièces comme d'autres se blottissent sous les couvertures.

Une fois qu'il levait la tête pendant que le tour fonctionnait, il avait vu Belle, debout au-dessus des trois marches, et, de même que Mrs Katz jouait du piano sans qu'il l'entendît, Belle remuait les lèvres sans que lui parvînt le son, absorbé par le bruit du tour.

De la tête, il lui fit signe d'attendre un instant. Il ne pouvait pas lâcher prise. Belle portait un béret sombre sur ses cheveux acajou. Elle n'avait pas retiré son manteau. Elle avait encore ses bottes de caoutchouc aux pieds.

Il lui sembla qu'elle n'était pas gaie, que sa mine était terne. Cela dura trop peu de temps. Elle ne se rendait pas compte qu'il n'entendait rien et faisait déjà volte-face. Ce n'est qu'au mouvement des lèvres qu'il devina les derniers mots prononcés :

— *Bonne nuit.*

Elle referma d'abord la porte incomplètement — le pêne était assez dur — puis revint sur ses pas pour tourner le bouton. Il faillit la rappeler. Il se demandait ce qu'elle avait pu lui dire en dehors de « bonne nuit ». Il fit la réflexion qu'à l'encontre des règles de la maison elle n'avait pas retiré ses caoutchoucs pour traverser le living-room, et se demanda si par hasard elle allait ressortir. C'était fort possible. Elle avait dix-huit ans. Elle était libre. Des garçons l'invitaient parfois, le soir, à Torrington ou à Hartford, et c'était probablement l'un d'eux qui l'avait ramenée du cinéma en voiture.

S'il n'avait été pris à cette minute-là par la partie la plus délicate de son travail, les choses se seraient peut-être passées autrement. Il ne croyait pas spécialement aux intuitions, mais, par exemple, il lui arriva quelques minutes plus tard de lever la tête, le tour arrêté, et d'écouter le silence, en se demandant si une voiture avait attendu Belle et s'il n'allait pas l'entendre repartir. C'était déjà beaucoup trop tard : si une auto était venue, elle était loin.

Pourquoi se serait-il inquiété d'elle ? Parce que, dans la lumière du cagibi, surpris de la voir au-dessus des marches alors qu'il ne s'y attendait pas, il l'avait trouvée pâle et peut-être triste ?

Il aurait pu monter, s'assurer qu'elle était dans sa chambre ou, s'il avait peur de paraître curieux, voir s'il y avait de la lumière sous sa porte.

Au lieu de cela, il vida méticuleusement sa pipe dans un cendrier qu'il avait tourné deux ans auparavant, la rebourra — il avait tourné le pot à tabac aussi, cela avait même été son premier travail difficile — et, après une gorgée de scotch, se remit au travail.

Il ne pensait plus à Belle, ni à personne, quand la sonnerie du téléphone retentit. Quelques mois auparavant, à cause d'occasions comme celle-ci, on avait fait placer une extension dans son cagibi.

— Spencer ?

— C'est moi.

Christine était à l'appareil, avec un arrière-fond de voix étrangères. Il aurait été incapable de dire, même à beaucoup près, l'heure qu'il était.

— Tu travailles toujours ?

— J'en ai encore pour une dizaine de minutes.

— Tout va bien à la maison ? Belle est rentrée ?

— Oui.

— Tu es sûr que tu ne veux pas faire un bridge ? Une des voitures pourrait aller te prendre.

— Je préfère pas.

— Dans ce cas, je te demande de te coucher sans m'attendre. Je rentrerai assez tard, même très tard, car Marion et Olivia viennent d'arriver avec leurs maris, et on est en train d'organiser un tournoi.

Un court silence. Des verres s'entrechoquaient, là-bas. Il connaissait la maison, le living-room aux immenses canapés rouges en demi-cercle, les tables de bridge pliantes et la cuisine où chacun allait à son tour chercher de la glace.

— C'est bien décidé que tu ne nous rejoins pas ? Tout le monde serait enchanté.

Une voix, celle de Dan Mitchell, cria dans l'appareil :

— Arrive, fainéant !

Dan était en train de manger quelque chose.

— Qu'est-ce que je réponds ? Tu as entendu Dan ?

— Merci. Je reste ici.

— Alors, bonne nuit. J'essayerai de ne pas te réveiller en rentrant.

Il remit son établi en ordre. Personne ne touchait à rien dans le cagibi, dont il faisait lui-même le nettoyage une fois par semaine. Dans un coin, il y avait un fauteuil en cuir, très vieux, très bas, d'un modèle qu'on ne voyait plus nulle part ; il s'y installa, les jambes allongées, pour jeter un coup d'œil au *New York Times*.

Une horloge électrique se trouvait dans la cuisine, où il alla éteindre avant de se coucher, en même temps qu'il y portait la bouteille de soda et le verre vide. Il ne regarda pas l'heure. Il n'y pensa pas. Dans le corridor, il n'eut pas non plus un coup d'œil vers la porte de Belle. Il s'en préoccupait peu, sinon pas du tout. Il n'y avait pas longtemps qu'elle vivait chez eux, et c'était provisoire ; elle ne faisait pas partie de la maison.

Comme les stores vénitiens de la chambre étaient légèrement écartés, il les ferma, ferma aussi la porte, se déshabilla, remit au fur et à mesure ses vêtements en place et, à une heure indéterminée, se coucha, tendit le bras pour éteindre la dernière lampe.

Est-ce que, pendant tout ce temps-là, il avait eu l'air affairé d'un insecte qui mène sa petite existence sous la loupe d'un naturaliste ? C'était possible. Il avait vécu sa vie quotidienne d'homme — d'un des membres de la communauté, comme aurait dit Christine — et cela ne l'avait pas empêché de penser. Il pensa même encore un peu avant de s'endormir, conscient de l'endroit où il se trouvait, de ce qui l'entourait, de la maison, du feu mourant dans le foyer du living-room, de la neige dont il dégagerait le lendemain l'allée jusqu'au garage, conscient aussi de l'existence des Katz, par exemple, et d'autres gens qui vivaient dans d'autres maisons dont il aurait pu apercevoir les lumières, des cent quatre-vingts élèves de *Crestview School*, qui dormaient dans le grand bâtiment de brique au sommet de la colline.

S'il s'était donné la peine de tourner le bouton de la radio, comme sa femme le faisait d'habitude en se déshabillant, c'est le monde entier qui aurait fait irruption dans la chambre, avec les musiques, les voix, les catastrophes et les bulletins météorologiques de partout.

Il n'entendit rien, ne vit rien. Il dormit. Quand

le réveil sonna, à sept heures, il sentit Christine qui remuait à son côté et se levait la première, se dirigeant vers la cuisine où elle mit l'eau à chauffer pour le café.

Ils n'avaient pas de bonne, seulement une femme de ménage qui venait deux jours par semaine.

Le robinet coula pour son bain. Il écarta le rideau pour voir dehors, et il ne faisait pas encore jour. Seulement le ciel était plus gris que la nuit, la neige d'un blanc plus crayeux, et toutes les couleurs, même les briques roses de la maison neuve des Katz, paraissaient dures et cruelles.

Il ne neigeait plus. Quelques gouttes d'eau tombaient du toit comme s'il allait dégeler et, si cela arrivait, ce serait la boue et la saleté, sans compter, à l'école, la mauvaise humeur des élèves qui avaient préparé leurs patins et leurs skis.

Il était invariablement sept heures et demie quand il entrait dans la cuisine. Le déjeuner était servi sur une petite table blanche dont on n'usait que pour ce repas-là, et Christine avait eu le temps d'arranger ses cheveux. Etait-ce une idée, ou bien étaient-ils réellement, le matin, d'un blond plus pâle et plus terne ?

Il aimait l'odeur du bacon, du café et des œufs, il aimait aussi secrètement l'odeur matinale de sa femme qui s'y mêlait. Cela participait pour lui à l'atmosphère des débuts de la journée, et il aurait reconnu cette odeur entre mille.

— Tu as gagné ?

— Six dollars cinquante. Marion et son mari ont tout perdu, comme d'habitude. Plus de trente dollars à eux deux.

Trois couverts étaient mis, mais c'était rare que Belle mange avec eux. On ne l'éveillait pas. Souvent, elle apparaissait vers la fin du repas, en robe de chambre et pantoufles ; plus souvent encore, Spencer ne la voyait pas le matin.

— Comme je l'ai dit à Marion, qui trouve ça extraordinaire...

Ce fut encore plus banal que la veille, sans un mot à retenir, sans rien qui fît saillie, une sorte de ronron émaillé de quelques noms propres, de prénoms assez familiers pour qu'ils ne fassent plus image.

Cela n'avait d'ailleurs plus d'importance, mais il ne le savait pas encore, personne ne le savait. La vie du village commençait comme les autres matins dans les salles de bains, dans les cuisines, sur les seuils où les maris passaient leurs bottes de caoutchouc par-dessus leurs chaussures et dans les garages où l'on mettait les voitures en marche.

Il n'oublia pas sa serviette. Il n'oubliait jamais rien. Il fumait sa première pipe quand il s'installa au volant de la voiture et il aperçut le rose du peignoir de la petite Mrs Katz à une fenêtre.

Autour de chez eux, les maisons étaient espacées sur le flanc de la colline, entourées de pelouses maintenant cachées par la neige. Quelques-unes, comme celle des Katz, étaient neuves, mais la plupart étaient de belles vieilles maisons en bois de la Nouvelle-Angleterre, deux ou trois avec le portique colonial, toutes peintes en blanc.

Le bureau de poste, les trois épiceries, les quelques magasins qui constituaient *Main Street* se trouvaient plus bas, avec des pompes à essence à chaque bout, et le chasse-neige était déjà passé, traçant une large bande noire entre les trottoirs.

Ashby s'arrêta pour prendre son journal, entendit qu'on disait :

— Il neigera à nouveau tout à l'heure et nous aurons probablement un blizzard avant la nuit.

Quand il pénétra à la poste, on lui dit exactement les mêmes mots, qui avaient dû être prononcés au cours du bulletin météorologique.

La rivière traversée, il se mit à gravir la route en lacets qui conduisait à l'école. Toute la colline, en partie couverte de bois, appartenait à l'institution, et, là-haut, se dressaient une dizaine de bâtiments, sans compter les bungalows des professeurs. Si Christine n'avait pas possédé une maison à elle, c'est un de ces bungalows-là qu'ils auraient habité aussi, et, avant de l'épouser, Ashby avait vécu des années dans le plus grand, celui au toit vert, réservé aux professeurs célibataires.

Il rangea sa voiture dans un hangar où il y en avait déjà sept autres et, comme il montait les marches du perron, la porte s'ouvrit ; la secrétaire, miss Cole, se précipita avec l'air de vouloir lui barrer le passage.

— Votre femme vient de téléphoner. Elle demande que vous retourniez tout de suite chez vous.

— Il lui est arrivé quelque chose ?

— Pas à elle. Je ne sais pas. Elle m'a seulement priée de vous dire de ne pas vous affoler, mais qu'il est de première importance que vous rentriez sans perdre un instant.

Il voulut passer, avec l'intention d'entrer au secrétariat et de décrocher le téléphone.

— Elle insiste pour que vous ne perdiez pas de temps à l'appeler.

Il fronça les sourcils, intrigué, le visage assombri, mais la vérité est qu'il n'était pas spécialement ému. Il avait même envie de ne pas tenir compte de l'injonction de Christine et de composer son numéro. Sans miss Cole, qui lui barrait toujours le passage, il l'aurait fait.

— Bien ! Dans ce cas, veuillez dire au principal...

— Je l'ai prévenu.

— J'espère revenir avant la fin de la première classe...

Cela le tracassait, voilà le mot exact. Peut-être, surtout, parce que cela ne ressemblait pas à Christine. Elle avait ses défauts, comme tout le monde, mais ce n'était pas la femme à s'affoler pour une bêtise, ni surtout à le déranger à l'école. C'était une personne pratique, qui aurait appelé les pompiers plutôt que lui pour un feu de cheminée et le médecin pour un malaise ou une blessure.

En redescendant la route, il croisa Dan Mitchell qui, avant de se rendre à son bureau, amenait son fils à l'école. Un instant, il se demanda pourquoi Dan avait l'air surpris. Seulement après, il se rendit compte que, pour les gens, cela devait paraître étrange de le voir descendre la colline à cette heure-là au lieu de la monter.

Il n'y avait rien de particulier dans *Main Street*, aucune animation non plus aux alentours de chez lui, rien d'anormal nulle part. Ce n'est qu'en s'engageant dans l'allée qu'il aperçut, devant la porte de son propre garage, la voiture du docteur Wilburn.

Il n'avait que cinq enjambées à faire dans la neige et, machinalement, il avait fourré sa pipe dans sa poche. Sur le seuil, il tendait la main vers le bouton et, avant qu'il l'atteignît, la porte s'ouvrait d'elle-même ; comme cela s'était passé tout à l'heure à l'école.

Ce qui l'accueillit alors ne ressemblait à rien de

ce qu'il pouvait prévoir, à plus forte raison à rien de ce qu'il avait vécu jusqu'alors.

Wilburn, qui était aussi le médecin de l'école, était un homme de soixante-cinq ans qui impressionnait certaines gens parce qu'il avait toujours l'air de se moquer d'eux. Beaucoup le prétendaient méchant. En tout cas, il ne faisait rien pour plaire et il avait un petit sourire spécial pour annoncer les mauvaises nouvelles.

C'était lui qui avait ouvert la porte à Spencer et qui se tenait devant lui, sans un mot, la tête penchée en avant pour le regarder par-dessus ses lunettes, tandis que Christine, dans la partie la plus obscure de la pièce, était tournée, elle aussi, vers la porte.

Pourquoi, n'étant coupable de rien, eut-il une sensation de culpabilité ? Dans la lumière qui régnait à ce moment-là, avec la neige déjà ternie, le ciel chargé, c'était impressionnant de voir le docteur au visage rusé tenir le bouton de la porte avec l'air d'introduire Ashby dans sa propre maison comme dans une sorte de tribunal mal éclairé.

Il réagit, entendit sa voix :

— Que se passe-t-il ?

— Entrez.

Il leur obéissait, pénétrait dans le living-room, retirait ses caoutchoucs, debout sur le paillasson, mais on ne lui répondait toujours pas, on ne daignait pas lui adresser la parole comme à un être humain.

— Christine, qui est malade ?

Et, comme elle se tournait machinalement vers le couloir :

— Belle ?

Il les vit fort bien, tous les deux, échanger un coup d'œil. Plus tard, il aurait pu traduire ces regards-là en mots. Celui de Christine disait au docteur :

« Vous voyez... Il a vraiment l'air de ne pas savoir... Qu'est-ce que vous en pensez ? »

Et le regard de Wilburn, que Spencer n'avait jamais détesté, semblait répondre :

« Evidemment... Il est possible que vous ayez raison... Tout est possible, n'est-ce pas ?... Au fond, c'est votre affaire... »

Tout haut, Christine prononçait :

— Un malheur, Spencer.

Elle faisait deux pas dans le corridor, se retournait.

— Tu es sûr de n'être pas sorti hier soir ?

— Certain.

— Pas même pour un moment ?

— Je n'ai pas quitté la maison.

Encore un coup d'œil au docteur. Encore deux pas. Elle réfléchissait, s'arrêtait de nouveau.

— Tu n'as rien entendu pendant la soirée ?

— Rien. J'ai travaillé à mon tour. Pourquoi ?

Que signifiaient ces manières-là, à la fin ? Il en avait presque honte. Honte surtout de se laisser impressionner et de répondre comme un coupable.

Christine tendait la main vers la porte.

— Belle est morte.

C'est sur l'estomac que ça lui tomba, peut-être à cause de tout ce qui venait de précéder, et il eut une vague envie de vomir. On aurait dit que Wilburn, derrière lui, était là pour épier ses réactions et pour lui couper la retraite au besoin.

Il avait compris qu'il ne s'agissait pas d'une mort naturelle, car on n'aurait pas fait tant de manières. Mais pourquoi n'osait-il pas les questionner carrément ? Pourquoi jouait-il l'étonnement progressif ?

Même sa voix, qu'il ne parvenait pas à mettre à son diapason normal !

— De quoi est-elle morte ?

Ce qu'ils voulaient tous les deux, il venait de s'en rendre compte, c'est qu'il regarde dans la chambre. Cela devait constituer à leurs yeux une sorte d'épreuve et il aurait bien été en peine de dire pourquoi il hésitait à le faire, à plus forte raison de dire de quoi il avait peur.

Ce fut le regard de Christine, planté droit dans le sien, froid et lucide comme celui d'une étrangère, qui le décida, le força à faire un pas en avant et à pencher la tête cependant que Wilburn lui soufflait dans le cou.

2

Ce souvenir-là faisait partie des trois ou quatre souvenirs « honteux » qui, pendant des années, l'avaient harcelé au moment de s'endormir. Il devait avoir treize ans, et il se trouvait avec un gamin du même âge, dans une grange du Vermont, un samedi d'hiver, et la neige était si épaisse qu'on se sentait prisonnier de l'immensité.

Chacun avait creusé sa niche dans le foin qui leur tenait chaud et ils regardaient dehors, sans rien dire, le dessin noir et compliqué des branches d'arbres. Peut-être étaient-ils arrivés au bout de leur faculté de silence et d'immobilité ! Le camarade s'appelait Bruce. Maintenant encore, Ashby préférait ne pas s'en souvenir. Bruce avait tiré quelque chose de sa poche, le lui avait tendu en disant d'une voix qui aurait dû l'avertir :

— Tu connais ?

C'était une photographie obscène ; tous les détails se détachaient crûment — aussi crûment que les arbres sur la neige — sur la blancheur comme malade des chairs.

Un flot de sang l'avait envahi, sa gorge s'était serrée, ses yeux étaient devenus humides et chauds, tout cela dans une même seconde. Son corps entier avait été en proie à une angoisse qu'il ne connaissait pas et il n'osait regarder ni les deux corps nus de la photo, ni son ami ; il n'osait pas non plus détourner les yeux.

Longtemps, il avait pensé que cela avait été le moment le plus pénible de sa vie, surtout quand, levant enfin la tête avec effort, il avait vu sur le visage de Bruce un laid sourire, railleur et complice.

Bruce savait ce qu'il venait de ressentir. Il l'avait fait exprès, l'avait guetté. Bien que ce fût un voisin et que leurs parents fussent amis, Ashby n'avait jamais accepté de le revoir en dehors de l'école.

Eh bien ! c'est cette sensation-là, à peu de chose près, qu'il retrouvait après tant d'années en regardant dans la chambre, la même chaleur soudaine et lancinante dans les membres, le même picotement des yeux, le même serrement de la gorge, la même honte. Et cette fois-ci encore, il y avait quelqu'un pour le regarder avec une expression qui ressemblait à celle de Bruce.

Sans voir le docteur Wilburn, il en était sûr.

On avait levé les stores vénitiens et ouvert des rideaux, ce qui n'arrivait presque jamais, de sorte que la chambre, jusque dans ses recoins, était pleine de la dure lumière d'un matin de neige, sans pénombre, sans mystère. Du coup, on avait l'impression qu'il y faisait plus froid que dans le reste de la maison.

Le corps était étendu au beau milieu de la pièce, en travers sur la carpette verte, les yeux ouverts, la bouche béante, la robe de laine bleue relevée jusqu'à mi-ventre, laissant voir la gaine et les jarretelles noires qui retenaient encore les bas, tan-

24

dis que la culotte, d'un rose pâle, gisait plus loin, roulée en boule comme un mouchoir.

Il n'avait pas avancé, pas bougé, et il sut gré à Christine, après un temps assez court, de refermer la porte du même geste qu'elle aurait eu pour étendre un drap sur le cadavre.

Par contre, il détesta pour toujours le docteur Wilburn, qui révélait par son sourire qu'il avait compris la nature exacte de son trouble.

Ce fut Earl Wilburn qui parla.

— J'ai téléphoné d'ici au coroner, qui doit arriver d'un moment à l'autre.

Ils étaient revenus tous les trois dans le living-room où, à cause de la mauvaise lumière du matin, on avait laissé les lampes allumées, et il n'y avait eu que le docteur à s'asseoir dans un fauteuil.

— Qu'est-ce qu'on lui a fait ?

Ce n'était pas la question qu'il avait l'intention de poser. Il avait voulu dire :

« De quoi est-elle morte ? »

Plus exactement :

« Comment l'a-t-on tuée ? »

Il n'avait pas vu de sang, rien que de la peau d'une blancheur inhabituelle. Il ne récupérait pas son sang-froid. Il était persuadé maintenant que sa femme et le docteur l'avaient soupçonné, le soupçonnaient peut-être encore. Une preuve qu'on n'avait pas agi franchement à son égard, c'est qu'en découvrant le corps de Belle, ce n'est pas à lui que Christine avait téléphoné en premier lieu, alors que, logiquement, cela aurait été à lui de prendre une décision, de savoir que faire en pareil cas.

Comme si elle devinait le cours de sa pensée, elle disait :

— Le docteur Wilburn est le médecin légiste de la commune.

Elle ajoutait, du ton qu'elle aurait pris à un de ses comités :

— C'est lui qui doit toujours être avisé le premier en cas de mort suspecte.

Elle était calée sur ces questions-là, sur les fonctions officielles, les attributions et prérogatives de chacun.

— Belle a été étranglée. Cela ne fait aucun doute. C'est pourquoi le docteur a averti le coroner, à Litchfield.

— Pas la police ?

— Cela regarde le coroner de faire appel à la police du comté ou à la police d'Etat.

— Je suppose, soupira-t-il, que je ferais mieux d'avertir le principal que je n'irai pas à l'école aujourd'hui.

— Je lui ai téléphoné. Il ne t'attend pas.

— Tu lui as dit... ?

— Qu'il était arrivé malheur à Belle, sans fournir de détails.

Il n'en voulait pas à sa femme de garder sa présence d'esprit. Il savait que ce n'était pas sécheresse de cœur de sa part, mais plutôt le fait d'un long entraînement. Il aurait parié qu'elle s'inquiétait de la façon dont les gens apprendraient l'événement, pesait le pour et le contre, hésitait à donner elle-même quelques coups de téléphone.

Alors seulement il retira son pardessus, son chapeau, prit une pipe de sa poche et retrouva enfin sa voix naturelle pour dire :

— Avec toutes ces voitures qui vont venir, je ferais mieux de rentrer notre auto au garage pour dégager l'allée.

Il pensa vaguement à une gorgée de whisky qui

l'aurait aidé à se remettre d'aplomb, mais n'insista pas. Il sortait du garage quand il aperçut l'auto de Bill Ryan qui gravissait la côte et, à côté de Bill, une jeune femme qu'il ne connaissait pas. Cela ne l'avait pas frappé, quand on avait parlé du coroner, que celui-ci n'était autre que Ryan.

Il en fut choqué. Peut-être parce que, les rares fois qu'il l'avait rencontré, c'était à des *parties* où Bill était toujours un des premiers à parler trop fort et à manifester une cordialité exagérée.

Une fois encore, en rentrant chez lui, il aperçut le peignoir rose à la fenêtre des Katz.

— De quoi s'agit-il, Spencer ? Si j'ai bien compris, on a tué quelqu'un ?

— Le docteur va vous mettre au courant. C'est lui qui vous a appelé.

Quand un de ses élèves était de l'humeur qu'il avait ce matin-là, il savait d'avance qu'il n'y avait rien à en tirer. Il n'en voulait à personne en particulier, sauf au docteur. Il était plutôt reconnaissant à Christine de lui jeter de temps en temps un coup d'œil encourageant, comme pour lui faire entendre qu'elle était son amie. Et c'était vrai, en somme. Ils étaient bons amis, tous les deux.

— Je vous présente ma secrétaire, miss Moeller. Vous pouvez retirer votre manteau et vous préparer à prendre des notes, miss Moeller.

Il butait chaque fois sur le nom, comme s'il avait l'habitude d'employer le prénom. Il s'excusait auprès de Christine d'agir comme chez lui.

— Vous permettez ?

Il attirait Wilburn à l'écart. Tous les deux parlaient bas, en les observant tour à tour, se dirigeaient enfin vers la chambre dont ils laissaient d'abord la porte ouverte ; mais ils devaient la refermer un peu plus tard.

Pourquoi cela agaçait-il Spencer de voir miss Moeller, qui avait retiré son chapeau, son manteau et ses caoutchoucs, se recoiffer devant un miroir de poche ? Il aurait parié que le peigne n'était pas très propre. Elle était quelconque et devait avoir la chair drue et insipide, mais elle appartenait au genre agressif. Quant à Ryan, c'était un homme d'une quarantaine d'années, sanguin, aux épaules puissantes, dont la femme était presque toujours souffrante.

— Vous prendrez peut-être une tasse de café, miss Moeller ? proposa Christine.

— Volontiers.

C'est alors seulement qu'il remarqua que, depuis qu'il avait quitté la maison pour l'école, où il n'était resté que quelques instants, sa femme avait eu le temps de faire sa toilette et de s'habiller. Son visage n'était pas plus pâle que d'habitude, au contraire. S'il existait un signe d'émotion, c'était dans les disques violets de ses prunelles, qui ne parvenaient à se fixer nulle part. Elle regardait un objet, puis, tout de suite après, sautait à un autre avec l'air de ne les voir ni l'un ni l'autre.

— Si vous le permettez, j'ai un ou deux coups de téléphone à donner.

C'était Ryan qui revenait. Il appelait la police d'Etat, parlait à un lieutenant qu'il semblait connaître personnellement, sonnait ensuite un autre bureau, où il donnait des instructions en patron.

— Je crains, expliqua-t-il ensuite à Christine, que nous soyons forcés de beaucoup vous déranger aujourd'hui et je vais vous demander si nous pouvons disposer de cette pièce. Vous n'avez pas besoin d'une petite table, miss Moeller ?

— Le bras du canapé fera l'affaire.

En disant cela, elle tirait sur sa robe. Elle se trouvait assise très bas dans les coussins, les genoux hauts. Ses jambes apparaissaient comme des colonnes claires, et, dix fois, vingt fois, elle allait avoir ce geste vain pour les recouvrir. A la fin, Spencer en grinçait presque des dents.

— Je conseille à chacun de s'installer confortablement. J'attends, d'une part, le lieutenant Averell, de la police d'Etat ; d'autre part, mon vieux collaborateur de la police du comté. D'ici à ce qu'ils arrivent, j'aimerais vous poser quelques questions.

D'un battement de paupières, il parut dire à miss Moeller :

« Allez-y ! »

Puis il regarda Ashby, sa femme, hésita, décida que c'était décidément Christine qu'il valait mieux interroger pour avoir des réponses précises.

— Le nom de cette personne, d'abord, voulez-vous ? Je ne me souviens pas l'avoir rencontrée avec vous et...

— Il n'y a qu'un mois qu'elle est ici.

Tournée vers la secrétaire, Christine épelait :

— Belle Sherman.

— De la famille du banquier de Boston ?

— Non. D'autres Sherman, de Virginie.

— Parents avec vous ?

— Ni avec moi ni avec mon mari. Lorraine Sherman, la mère de Belle, est une amie d'enfance. Plus exactement, nous étions au même collège.

Assis près de la fenêtre, Ashby regardait dehors d'un air absent, boudeur, en tout cas maussade. Sa femme avait comme ça un certain nombre d'amies à qui elle écrivait régulièrement et dont elle parlait à table en les appelant par leur prénom, comme si, lui aussi, les connaissait depuis toujours.

Il finissait par les connaître, d'ailleurs, même sans les avoir jamais vues.

Longtemps, Lorraine n'avait été qu'un prénom parmi les autres et il la situait vaguement dans le Sud, imaginait une grosse fille un peu hommasse qui riait à tout bout de champ et s'habillait de couleurs voyantes.

De ces amies-là, il avait fini par en rencontrer quelques-unes. Or toutes, sans exception, s'étaient révélées plus banales que l'image qu'il s'en était faite.

Avec Lorraine, il s'agissait presque d'un roman à épisodes. Pendant des mois, Christine avait reçu lettre sur lettre.

— Je me demande si elle va finir par divorcer.

— Elle est malheureuse ?

Puis la question avait été de savoir si c'était Lorraine ou son mari qui demanderait le divorce, s'ils iraient à Reno ou entreprendraient la procédure en Virginie. Une maison à se partager, il s'en souvenait, avec des terrains qui pourraient un jour acquérir de la valeur, compliquait la question.

Et enfin on se demanda si Lorraine obtiendrait ou non la garde de sa fille, de sorte que Spencer, sans penser plus loin, s'était figuré une gamine d'une dizaine d'années avec des tresses dans le dos.

Lorraine avait apparemment gagné la partie et obtenu la fille.

— La pauvre femme est épuisée par cette bataille et, par-dessus le marché, se trouve du jour au lendemain sans fortune. Elle voudrait se rendre en Europe où elle a de la famille, afin de voir si...

Cela venait toujours à peu près au même

moment du dîner, avant le dessert. L'histoire avait duré toute la saison.

— Elle n'est pas en mesure de laisser sa fille continuer ses études. Elle ne peut pas non plus engager des frais pour l'emmener avec elle sans savoir comment sa famille va la recevoir. Je lui ai offert de prendre Belle chez nous pendant quelques semaines.

Voilà comment ce nom-là était en quelque sorte entré dans sa vie, s'y était matérialisé un beau jour, était devenu une jeune fille aux cheveux acajou à qui il n'avait guère prêté attention. Pour lui, c'était la fille d'une amie de Christine, d'une femme qu'il n'avait jamais vue. La plupart du temps, elles bavardaient toutes les deux, entre femmes. Enfin Belle était au mauvais âge. C'était difficile à définir ce qu'il entendait par là. Un peu plus tôt, elle aurait été une gamine. Un peu plus tard, il l'aurait rencontrée dans les *parties* et lui aurait parlé comme à une grande personne. Au fait, elle avait l'âge des filles avec lesquelles les plus grands de ses élèves commençaient à sortir.

Il ne lui avait pas fait grise mine, ne l'avait pas évitée. Peut-être, après les repas, descendait-il dans son cagibi un peu plus tôt que d'habitude ?

Il s'y rendait justement, tandis que Christine était occupée à répondre aux questions, pour aller chercher le pot à tabac, car celui de sa blague était trop sec. Il sursauta en entendant Bill Ryan qui le rappelait.

— Où allez-vous, vieux ?

A quoi bon cette fausse jovialité ?

— Chercher du tabac dans mon bureau.

— Je vais avoir besoin de vous tout de suite.

— Cela ne prendra qu'une seconde.

Ryan et le docteur se regardèrent.

— Je ne voudrais pas que vous preniez ceci de mauvaise part, Spencer, mais je préférerais que vous restiez avec nous. La police arrivera bientôt, suivie des techniciens. Vous savez comment cela se passe. Vous en avez sûrement entendu parler par les journaux : photographies, relevés d'empreintes, analyses et tout le tremblement. Jusque-là, il s'agit que rien ne soit touché.

Il enchaîna, tourné vers Christine :

— Vous dites donc que sa mère est en ce moment à Paris et que vous savez où la joindre. Nous conviendrons tout à l'heure du texte du câble à lui envoyer.

A Spencer :

— D'après votre femme, vous n'auriez pas quitté la maison de toute la soirée d'hier ?

— C'est un fait.

Ryan éprouvait le besoin — comme tous les lâches, pensait Ashby, comme tous les veules — d'afficher un sourire faussement innocent.

— Pourquoi ?

— Parce que je n'avais pas envie de sortir.

— Vous êtes pourtant joueur de bridge.

— Cela m'arrive.

— Et même fort joueur, hein ?

— Assez.

— Votre femme vous a téléphoné hier tout exprès de chez les Mitchell pour annoncer qu'on organisait un tournoi.

— Je lui ai répondu que je terminais mon travail et que j'allais me coucher.

— Vous vous teniez dans cette pièce ?

Il avait lancé un coup d'œil au téléphone, pensant qu'il n'y avait que celui-là dans la maison, espérant peut-être qu'Ashby allait se couper.

— J'étais dans mon bureau, qui me sert aussi d'atelier de menuiserie.

— Vous êtes monté quand le téléphone a sonné ?

— J'ai répondu d'en bas, où je dispose d'un second appareil.

— Vous n'avez rien entendu de toute la soirée ?

— Rien.

— Vous n'êtes pas venu dans ces pièces ?

— Non.

— Vous n'avez pas vu rentrer miss Sherman ?

— Je ne l'ai pas vue rentrer, mais elle est venue me dire bonsoir.

— Combien de temps est-elle restée dans votre bureau ?

— Elle n'y est pas entrée.

— Pardon ?

— Elle se tenait dans l'encadrement de la porte. J'ai été surpris de l'y apercevoir en levant la tête, car je ne l'avais pas entendue venir.

Il parlait net, d'une façon incisive, presque arrogante, comme pour remettre Ryan à sa place, et ce n'était pas celui-ci qu'il regardait, mais, exprès, la secrétaire qui sténographiait ses paroles.

— Elle vous a annoncé qu'elle allait se coucher ?

— J'ignore ce qu'elle m'a dit. Elle m'a parlé, mais je n'ai rien entendu, car mon tour fonctionnait et couvrait sa voix. Avant que j'aie eu le temps d'arrêter le moteur, elle était partie.

— Vous supposez qu'à ce moment-là elle rentrait du cinéma ?

— C'est probable.

— Quelle heure était-il ?

— Je n'en ai aucune idée.

Se trompait-il en supposant que Christine qui, tout à l'heure, paraissait nettement de son côté, commençait à le désapprouver ? Cela devait tenir au respect qu'elle vouait aux situations acquises, ce qui revenait, en somme, à son fameux sentiment de la communauté. Il lui avait entendu tenir son raisonnement au sujet des pasteurs, un jour qu'on discutait des mauvais pasteurs et des bons. En l'occurrence, c'était au coroner, c'est-à-dire à l'homme chargé, dans le comté, d'assurer la justice pour chacun, que Spencer répondait d'une façon sèche et quasi grossière. Peu importait que le coroner fût Bill Ryan, un homme à chair épaisse, incapable de boire en gentleman, dont Ashby regardait le visage luisant avec une impatience croissante.

— Vous aviez votre montre sur vous ?

— Non, Mr Ryan. Je l'ai laissée dans ma chambre lorsque je suis allé changer de pantalon.

— Vous êtes donc monté pour vous changer ?

— Parfaitement.

— Pour quelle raison ?

— Parce que j'avais fini de corriger les devoirs et que j'allais travailler au tour, ce qui est salissant.

Le docteur Wilburn comprenait que la moutarde lui montait au nez et, renversé dans son fauteuil, le regard au plafond, avait l'expression béate que certaines gens prennent au théâtre.

— Cette jeune fille, Belle, se trouvait dans sa chambre quand vous êtes monté ?

— Non. C'est avant son retour que...

— Pardon ! Comment savez-vous qu'elle n'était pas dans sa chambre ? Ne vous fâchez pas, Ashby. Nous discutons de questions. Je ne doute pas un instant de votre parfaite honnêteté, mais j'ai besoin de tout connaître de ce qui s'est passé la nuit dernière dans cette maison. Vous étiez dans votre bureau. Bon. Vous corrigiez les devoirs.

D'accord. Ce travail fini, vous êtes monté pour vous changer. Maintenant, je vous demande : où était Belle à ce moment-là ?

Il fallait répondre sans hésiter :

« Au cinéma. »

Mais voilà qu'il lui venait un scrupule, peut-être à cause de la secrétaire qui prenait note de ses paroles. Etait-ce avant ou après le retour de Belle qu'il était allé se changer ? Il y avait soudain comme un trou dans sa mémoire, ainsi que cela arrive à certains élèves lors des examens oraux.

— S'il travaillait à son tour... intervint Christine de son air le plus naturel.

Evidemment ! S'il travaillait à son tour quand Belle était rentrée — *et il y travaillait* — il portait son vieux pantalon de flanelle grise. Donc c'était avant le retour de la jeune fille qu'il s'était rendu dans sa chambre pour se changer.

— J'aurais préféré qu'on ne l'aide pas. Vous dites, Spencer, qu'elle est allée vous dire bonsoir et n'est restée avec vous qu'un instant. Combien de temps à peu près ?

— Moins d'une minute.

— Avait-elle son chapeau sur la tête et son manteau sur le dos ?

— Elle portait un béret sombre.

— Son manteau ?

— Je ne me rappelle pas le manteau.

— Vous supposez qu'elle rentrait du cinéma, mais elle aurait fort bien pu venir vous annoncer qu'elle se disposait à sortir.

Christine intervint à nouveau.

— Elle ne serait pas ressortie aussi tard.

— Vous savez qui l'accompagnait au cinéma ?

— Nous ne tarderons certainement pas à l'apprendre.

— Elle avait un amoureux ?

— Tous les jeunes gens et jeunes filles de l'endroit à qui nous l'avions présentée l'aimaient beaucoup.

Christine, elle, ne se fâchait pas, et pourtant elle devait ressentir les soupçons dirigés contre une jeune fille qui avait été son hôte.

— Vous ne savez pas si quelqu'un était particulièrement assidu ?

— Je n'ai rien remarqué de semblable.

— Je suppose qu'elle ne vous faisait pas de confidences ?

» En somme, vous ne la connaissiez que depuis un mois. C'est bien un mois que vous m'avez dit ?

— Oui, mais j'ai beaucoup connu sa mère.

C'était du Christine tout pur, et cela ne signifiait rien. Miss Moeller tirait sur sa robe. Ashby aurait parié qu'elle s'appelait Bertha ou Gaby et qu'elle allait danser tous les samedis dans des bals populaires éclairés au néon.

Deux autos s'arrêtaient l'une derrière l'autre dans l'allée, toutes les deux portant une plaque d'immatriculation officielle. La première était conduite par un patrouilleur en uniforme de la police d'Etat, et le lieutenant Averell, en civil, en descendit, tandis qu'un petit homme maigrichon, entre deux âges, en civil lui aussi, coiffé d'un chapeau démodé, quittait la seconde voiture et s'avançait respectueusement vers le lieutenant. Ashby n'ignorait pas que c'était le chef de la police du comté, mais il ne savait pas son nom.

Les deux hommes, dehors, se serraient la main, échangeaient quelques phrases en secouant leurs bottes, regardaient la maison, puis celle des Katz, et le lieutenant Averell dut surprendre la silhouette rose de Mrs Katz, qui s'effaçait vivement.

Bill Ryan s'était levé pour marcher à leur rencontre. Le docteur se levait aussi. Tout le monde, y compris miss Moeller, échangeait des poignées de main. Il y avait un Averell à *Crestview School,,* mais il n'était pas encore dans la classe d'Ashby, qui ne le connaissait que de nom. Quant au père, c'était un bel homme aux cheveux gris, au visage rose et aux yeux bleus, qui semblait timide ou mélancolique.

— Si vous voulez venir par ici... invitait Ryan.

Le docteur les suivait et seule la secrétaire resta entre Spencer et sa femme. Celle-ci proposa :

— Encore un peu de café ?

— Ma foi, si cela ne doit pas vous déranger ?

Christine gagna la cuisine, et son mari resta à sa place. Après les paroles de Ryan, il aurait eu l'air, en la suivant, d'aller lui chuchoter Dieu sait quels secrets.

— Vous avez une jolie vue.

La Moeller se croyait obligée de lui faire la conversation, en souriant d'un sourire mondain.

— Je pense que vous avez davantage de neige par ici qu'à Litchfield. C'est plus haut, de toute façon...

Il revit le peignoir rose à la fenêtre des Katz, puis, au bas de l'allée, deux femmes qui observaient de loin les autos de la police.

Le petit maigrichon sortit seul de la chambre, dont il referma la porte derrière lui, s'avança vers le téléphone.

— Vous permettez ?

Il appela son bureau, donna des instructions aux hommes qui devaient venir le rejoindre avec leurs appareils. Christine apportait du café pour la secrétaire et pour elle.

— Tu en désires ?

— Merci.

— Je crains, Mrs Ashby, que vous ne soyez pas fort tranquille dans votre maison aujourd'hui.

Quand tous sortirent enfin de la chambre, silencieux, le visage grave, comme des gens qui viennent de tenir un conciliabule secret, Ashby se leva de sa chaise, soudain nerveux.

— Je ne peux toujours pas descendre dans mon bureau ? demanda-t-il.

Ils se regardèrent, Ryan expliqua :

— J'ai cru préférable, tout à l'heure, d'éviter que...

— Peut-être, Mr Ashby, voudrez-vous avoir l'amabilité de me montrer ce bureau ?

C'était Averell qui parlait, avec beaucoup de politesse et même de douceur. Il s'arrêtait, comme Belle l'avait fait la veille, au-dessus des trois marches, et avait l'air de regarder les lieux, non en détective, mais en homme qui aimerait avoir une retraite semblable pour y passer ses soirées.

— Voulez-vous faire fonctionner le tour un instant ?

Ceci faisait partie de l'enquête. Il parlait, lui aussi, pendant que le tour vrombissait, on voyait ses lèvres qui remuaient, puis il faisait signe d'arrêter le moteur.

— Il est évidemment impossible d'entendre quoi que ce soit quand le tour fonctionne.

Il aurait bien voulu bavarder, s'attarder à toucher le tour, les objets confectionnés par Spencer, regarder les livres, peut-être essayer le vieux fauteuil de cuir qui avait l'air si confortable.

— Il faut que je retourne là-haut, où nous avons de la besogne. Vous ne savez rien, n'est-ce pas ?

— La dernière fois que je l'ai vue, elle se tenait sur le seuil, à l'endroit où vous êtes, et je ne sais pas ce qu'elle m'a dit, j'ai seulement deviné les deux derniers mots : *Bonne nuit.*

— Rien ne vous a frappé au cours de la soirée ?

— Rien.

— Je suppose que vous avez fermé la porte d'entrée à clef ?

Il fut obligé de réfléchir.

— Je crois. Oui. C'est certain. Je me souviens que ma femme m'a annoncé au téléphone qu'elle avait sa clef.

La gravité du lieutenant le frappa.

— Voulez-vous dire qu'on est entré par la porte ? demanda-t-il, inquiet.

Il avait eu tort de poser cette question. Ces choses-là doivent probablement rester secrètes au cours d'une enquête. Il le comprit à l'attitude d'Averell, qui eut pourtant un vague mouvement de la tête pouvant passer pour un signe d'assentiment.

— Vous m'excusez ?

Il s'en allait. Ashby, lui, sans savoir au juste pourquoi, restait seul dans son cabinet, dont il referma la porte, et cinq minutes après il le regrettait.

Personne ne l'avait éloigné du living-room et c'était de son propre chef qu'il s'était isolé. Or, ici, il ne savait plus rien de ce qui se passait, il entendait seulement des pas, des allées et venues. Deux autos au moins s'étaient arrêtées dans l'allée ; une seule s'était éloignée.

Quelle raison avait-il eue de se conduire ainsi en enfant boudeur ?

Plus tard, il en était sûr, quand ils seraient enfin seuls — mais quand donc seraient-ils seuls à nouveau ? — Christine lui dirait doucement, sans lui en faire un reproche, qu'il était trop susceptible, qu'il se torturait inutilement, que ces gens-là, y compris Ryan, n'accomplissaient que leur devoir.

Oserait-elle ajouter qu'au moment de la découverte du corps de Belle elle avait douté de lui, elle aussi, à telle enseigne qu'elle avait d'abord téléphoné au docteur Wilburn ?

Une fois de plus, il ne savait pas l'heure, et l'idée ne lui venait pas de tirer sa montre de sa poche, peut-être parce que, quand il était dans son cagibi, il portait presque toujours son pantalon de flanelle grise. La bouteille de scotch était dans le placard, celle dont il se servait deux verres chaque soir, et il fut tenté d'en boire. Mais, d'abord, il n'avait pas de verre et il lui aurait répugné de boire au goulot comme un ivrogne ; ensuite, il n'était sans doute pas onze heures du matin, ce qui, à son sens, constituait la plus basse limite permise pour prendre de l'alcool.

Pourquoi boire, au surplus ? Il y avait eu un instant pénible, humiliant, qu'il aurait préféré oublier comme il avait, pendant des années, essayé d'oublier le sourire de Bruce. Cela avait été brutal, comme mécanique. Ce n'était pas sa faute. Il n'y avait mis aucune complaisance, au contraire. Le docteur ne savait-il pas ça ? Cela ne se passait-il pas ainsi pour tous les hommes ?

Jamais il n'avait pensé à Belle d'une façon équivoque. Pas une fois il n'avait regardé ses jambes comme tout à l'heure il regardait celles de la secrétaire et il aurait été incapable de dire comment elles étaient faites.

Il en voulait à miss Moeller de son manège, de ses gestes faussement pudiques destinés à attirer l'attention. Il méprisait ces femmes-là comme il méprisait les Ryan. En somme, ils allaient bien ensemble.

On avait l'air de traîner des meubles sur les planchers. C'était vraisemblablement ce qu'on faisait, dans l'espoir de découvrir des indices. En trouverait-on ? Quelle sorte d'indices ? Pour établir quoi ?

Tout à l'heure, le lieutenant lui avait demandé...

Comment cela ne l'avait-il pas frappé ? Il était question de savoir s'il avait fermé la porte à clef ou non. Or, en rentrant, dans le cours de la nuit, Christine n'avait certainement rien remarqué d'anormal. Elle ne se serait pas couchée sans le lui dire. C'est donc que la porte était fermée. Il était presque sûr de l'avoir fermée.

Cela paraissait stupide, mais il se rendait seulement compte, tout à coup, que, puisque ce n'était pas lui qui avait tué Belle, c'était quelqu'un qui, par conséquent, avait pénétré dans la maison, et il n'y avait pas que cela dont il ne s'était pas rendu compte.

A quoi avait-il pu penser ?

Un fait tout simple, brutal, évident, c'est que cela s'était produit sous son toit, dans sa maison, à quelques mètres de lui. Si c'était pendant qu'il dormait, deux cloisons seulement le séparaient de la chambre de Belle.

Ce qui l'impressionnait, ce n'était pas tant l'idée d'un inconnu forçant la serrure ou enjambant la fenêtre.

Ils vivaient à trois dans la maison. Belle n'était avec eux que depuis un mois, mais ils n'en vivaient pas moins à trois dans la maison. Le visage de Christine lui était si familier qu'il ne le remarquait plus. Il n'avait pas fait davantage attention au visage de Belle.

Ils connaissaient tout le monde. Pas seulement les gens de la société comme eux, mais les familles qui habitaient le quartier bas, les ouvriers du four à chaux, de l'entreprise de construction, les femmes qui font des ménages.

Selon le mot de Christine, cela constituait bien une communauté, et jamais ce mot-là ne l'avait autant frappé que ce matin, justement à cause de ce qui s'était passé.

Parce que quelqu'un était venu, ici, chez lui, dans sa maison, avec l'idée préconçue d'assaillir Belle et peut-être de la tuer.

Il en avait froid. Il lui semblait que cela l'atteignait personnellement, qu'il était menacé lui-même de quelque chose.

Il aurait voulu pouvoir se dire qu'il s'agissait d'un rôdeur, de quelqu'un de tout à fait étranger, de différent, mais c'était improbable. Quels sont les rôdeurs qui errent dans les campagnes au mois de décembre, quand les chemins sont couverts de neige ? Et comment un rôdeur aurait-il su qu'il y avait une jeune fille, dans cette maison-là précisément, dans cette chambre-là ? Comment s'y serait-il introduit sans bruit ?

C'était effrayant. Ils avaient dû penser à tout cela, là-haut, en discuter entre eux.

Même quelqu'un qui aurait suivi Belle depuis le cinéma... Il aurait fallu que ce fût elle qui lui ouvrît la porte. Cela ne tenait pas debout. Il l'aurait attaquée dans la rue, sans attendre qu'elle pénétrât dans une maison éclairée où on pouvait supposer que se trouvaient d'autres personnes.

Comment un étranger aurait-il appris qu'elle avait une chambre pour elle seule ?

Il se sentait faible. Il avait perdu toute assurance, d'un seul coup. C'était un peu comme si le monde vacillait autour de lui.

Celui qui avait fait ça connaissait Belle, connaissait la maison ; ce n'était pas possible autrement. Donc c'était quelqu'un qui appartenait à la communauté, quelqu'un qu'ils fréquentaient, qui les fréquentait, qui avait dû venir chez eux.

Il préféra s'asseoir.

Cela voulait dire un ami, une relation assez intime, il fallait bien l'admettre, non ?

Bon ! S'il était capable, même avec difficulté, d'admettre qu'un homme qui avait été accueilli dans sa maison avait fait ça, pourquoi les autres ne penseraient-ils pas...

Toute la matinée, il s'était comporté comme un imbécile. Il s'était aigri contre Ryan à cause de ses questions, mais sans s'imaginer que le coroner les posait dans un but déterminé, avec une idée préconçue.

Si quelqu'un avait fait ça...

Il n'y avait pas à sortir de là : pourquoi pas lui ? C'est évidemment de ça qu'ils s'entretenaient chaque fois qu'on conduisait un nouvel arrivant dans la chambre. Ensuite, dans le living-room, ils l'observaient à la dérobée.

Même Christine, au fond, pourquoi n'aurait-elle pas pensé comme les autres ?

C'était un peu écœurant, voilà tout, surtout le sourire équivoque du docteur Wilburn.

Peut-être qu'il se trompait, qu'on ne le soupçonnait pas, qu'ils avaient des raisons pour ne pas le soupçonner. Il ne savait rien. On ne lui avait rien dit de précis. Il devait bien exister des indices ?

Se trompait-il en pensant que le lieutenant Averell, quand il était descendu avec lui, l'avait regardé plutôt avec sympathie ? Il regrettait de ne pas mieux le connaître. Il lui semblait que c'était un homme dont il aurait pu être l'ami. Il ne lui avait pas donné de détails sur ce qu'on avait découvert, mais cela, il ne le pouvait profession-nellement pas.

Un autre indice : est-ce que miss Moeller, si on l'avait réellement soupçonné du meurtre, serait restée en tête à tête avec lui, à parler de la neige et de l'altitude, pendant que Christine préparait le café ?

Il enviait l'aisance de sa femme, là-haut. Leur aisance à tous. Leur naturel. Quand ils sortaient de la chambre du fond, ils étaient graves mais pas spécialement troublés. Ils devaient discuter de possibilités et d'impossibilités.

Ashby aurait juré qu'ils n'avaient pas la même sensation que lui, qu'ils n'imaginaient pas, comme lui, l'homme entrant dans la maison, s'approchant de Belle, avec, dans la tête...

Il se surprit à se mordre les ongles. Une voix l'appelait :

— Tu peux venir, Spencer.

Un peu comme si c'étaient les autres qui l'avaient éloigné d'eux, alors qu'il s'était retiré de son propre chef.

— Qu'est-ce que c'est ?

Il ne voulait pas paraître tout heureux de les rejoindre.

— M. Ryan va partir. Il y a encore une ou deux questions qu'il aimerait te poser.

Il remarqua d'abord que le docteur Wilburn n'était plus là, mais ce n'est que beaucoup plus tard qu'il sut qu'on était venu chercher le corps pour le conduire chez l'entrepreneur de pompes funèbres où, au moment où il entrait dans le living-room, le docteur était en train de procéder à l'autopsie.

Il ne vit pas le lieutenant Averell non plus. Le

petit chef de police du comté était assis dans un coin, une tasse de café à la main.

Comme si elle avait peur qu'il oublie ses jambes, miss Moeller tirait sur sa jupe.

— Asseyez-vous, Mr Ashby...

Christine, comme troublée, restait debout près de la porte de la cuisine.

Pourquoi Bill Ryan cessait-il de l'appeler par son prénom ?

3

Ils étaient debout devant la fenêtre, elle et lui, séparés seulement par un fauteuil et un guéridon, à regarder l'auto qui s'éloignait en lâchant de la vapeur blanche par son pot d'échappement. Cette fois-ci, Ashby savait l'heure. Il était un tout petit peu plus d'une heure et quart. Le dernier s'en allait enfin, Ryan, accompagné de sa secrétaire, et il n'y avait plus qu'eux dans la maison.

Ils se regardèrent, discrètement, sans appuyer. Entre eux, plus encore que devant les gens, ils étaient pudiques. Spencer était content de Christine, et même assez fier d'elle. De son côté, il avait l'impression qu'elle n'était pas fâchée de la façon dont il s'était comporté.

— Qu'as-tu envie de manger ? Inutile de te dire que je n'ai pas fait le marché.

Elle parlait de nourriture à dessein. Elle avait raison. Cela rendait à l'atmosphère un peu de son intimité. Exprès aussi, elle allait vider le cendrier où Ryan avait laissé le mégot d'un de ses gros cigares. C'était une odeur à laquelle on n'était pas habitué dans la maison. Il avait fumé tout le temps et, quand il tirait son cigare de sa bouche pour le contempler avec complaisance, ils étaient écœurés d'en voir le bout mâché et gluant.

— J'ouvre une boîte de bœuf ?

— Je préférerais des sardines, ou n'importe quoi de froid.

— Avec une salade ?

— Si tu veux.

Il se sentait las, après coup. Il se trompait peut-être, mais il avait l'impression de revenir de loin. Ce n'était pas fini, certes ! On les reverrait sans doute les uns après les autres, et il y aurait encore des points à éclaircir. Il n'en était pas moins réconfortant d'être sorti à son honneur de l'interrogatoire de Ryan. N'est-ce pas cela qu'ils pensaient tous les deux sans se le dire ?

Ce qui l'avait chiffonné, tout à l'heure, quand on l'avait appelé, cela avait été de voir Christine pousser la porte de la cuisine. Il s'était demandé pourquoi elle quittait le living-room au moment où il y entrait ; puis, au visage de Bill Ryan, il avait compris qu'elle agissait sur les ordres de celui-ci.

Rien que ce détail plaçait leur conversation sur un plan nouveau et cela ne s'appelait même plus une conversation. Comme aussi le « Mr Ashby » dont on le gratifiait. Ryan le faisait exprès d'employer tous les trucs qu'on voit utiliser par les attorneys au cours des contre-interrogatoires, sortant son mouchoir de sa poche et le déployant tout grand avant d'y fourrer le nez, ou bien tirant sur son cigare avec gravité comme s'il ruminait un important indice. La présence du chef de la police devait accroître son envie de se montrer à la hauteur, encore que miss Moeller, à qui il adressait de temps en temps un coup d'œil, lui fût un public suffisant.

— Je ne vais pas demander à ma secrétaire de

vous relire ce que vous nous avez déclaré tout à l'heure. Je suppose que vous vous en souvenez et que vous ne le contestez pas. Hier au soir, vous êtes descendu dans votre bureau pour corriger les devoirs de vos élèves et vous portiez à ce moment-là le complet brun que vous avez présentement sur le corps.

Il n'avait pas encore été question de complet en présence d'Ashby. C'était donc sa femme qui avait fourni cette précision.

— Votre travail terminé, vous êtes remonté, avez gagné votre chambre et vous êtes changé. C'est bien le pantalon que voici que vous avez passé alors ?

Regardant par-dessus la tête de Spencer, Ryan disait au chef de la police :

— Mr Holloway, s'il vous plaît...

Celui-ci s'avançait, comme un greffier à la cour, le pantalon et la chemise à la main.

— Vous les reconnaissez ?

— Oui.

— C'est donc dans cette tenue que vous êtes redescendu et que vous vous trouviez quand miss Sherman est rentrée ?

— C'est ce que je portais quand je l'ai vue sur le seuil de mon bureau.

— Vous pouvez aller, Mr Holloway.

Ils avaient pris des décisions entre eux, car le chef de la police, au lieu de regagner sa place, endossait son pardessus, enfilait de gros gants tricotés et se dirigeait vers la porte, emportant sous son bras les vêtements qu'il venait d'exhiber.

— Ne faites pas attention, Mr Ashby. Simple formalité. Ce que je voudrais à présent, c'est que vous réfléchissiez, que vous fassiez appel à vos souvenirs, que vous pesiez le pour et le contre et, enfin, que vous me répondiez en votre âme et conscience, sans perdre de vue qu'on vous demandera de répéter vos déclarations sous la foi du serment.

Il était content de sa phrase, et Spencer détourna les yeux, qui se trouvèrent fixer involontairement les jambes claires de la secrétaire.

— Etes-vous certain que, la nuit dernière, à aucun moment, vous n'avez mis les pieds dans un endroit autre que ceux que vous nous avez cités, à savoir votre bureau, votre chambre à coucher, votre salle de bains, la cuisine et, bien entendu, ce living-room par lequel il vous a fallu passer ?

— J'en suis sûr.

D'être interrogé de la sorte, pourtant, il finissait par se demander s'il en était réellement aussi sûr.

— Vous ne préféreriez pas que je vous accorde un moment de réflexion ?

— Ce serait superflu.

— Dans ce cas, expliquez-moi, Mr Ashby, comment nous pouvons posséder une preuve matérielle de votre présence, sinon dans la chambre de miss Sherman, en tout cas dans sa salle de bains ? Je n'ai pas besoin de vous rappeler, puisque c'est votre maison, qu'on ne peut pénétrer dans cette salle de bains qu'en passant par la chambre. Je vous écoute.

A cet instant-là, il avait vraiment cherché du secours autour de lui, et c'était le visage familier un peu sanguin de Christine qu'il aurait voulu voir. Il comprenait pourquoi Ryan avait eu soin d'éloigner celle-ci. Ils en étaient déjà beaucoup plus loin dans leurs soupçons qu'il n'avait pensé.

— Je ne suis pas entré dans sa chambre, murmura-t-il en s'essuyant le front.

— Ni dans la salle de bains ?

— Ni dans la salle de bains, *a fortiori*.

— Excusez-moi d'insister, mais j'ai d'excellentes raisons de croire le contraire.

— Je regrette de devoir répéter que je n'ai pas mis les pieds dans cette chambre.

Il élevait la voix, sentant qu'il allait l'élever davantage, et peut-être perdre le contrôle de lui-même. C'est en pensant à Christine, encore une fois, qu'il parvint à se dominer. L'immonde Ryan — maintenant, il le trouvait immonde — prenait un air protecteur.

— Avec un homme comme vous, Ashby, je n'ai pas besoin de longues explications. Les experts sont venus. Dans un coin de la salle de bains, là où existe un creux assez large entre deux carreaux, ils ont trouvé des traces de sciure de bois, la même sciure apparemment, l'analyse le confirmera, que celle trouvée dans votre atelier et sur votre pantalon de flanelle.

Ryan se taisait, affectait d'examiner son cigare avec attention. C'est alors qu'Ashby connut cinq minutes vraiment atroces. Il n'avait pas peur à proprement parler. Il savait qu'il était innocent, restait persuadé qu'il parviendrait à le prouver. Mais c'était tout de suite qu'il fallait répondre au coroner, tout de suite qu'il était important, capital, de découvrir la solution du problème.

Car il y avait un problème. Il n'était pas somnambule. Il était sûr de n'avoir pas mis les pieds chez Belle au cours de la soirée ou de la nuit.

— Vous objecterez peut-être qu'en allant vous dire bonsoir, elle a reçu sur les vêtements de la poussière de bois projetée par le tour. Le lieutenant Averell vous a suivi tout à l'heure dans votre atelier, s'est tenu à la place que miss Sherman occupait hier et vous a demandé de faire fonctionner le tour. Lorsqu'il est remonté, il n'y avait aucune poussière sur lui.

Cela le déçut de la part d'Averell, et il soupçonna Ryan d'arranger l'histoire à sa façon, exprès, pour lui enlever un ami possible.

— La mémoire ne vous revient toujours pas ?

— Non.

— Vous avez autant de temps qu'il en faudra devant vous.

Ashby se tenait dans le fauteuil près de la fenêtre et il lui arriva, en réfléchissant, de lever les yeux. Une fois de plus, il aperçut le peignoir rose dans la maison d'en face et, cette fois, le peignoir ne se déroba pas. Au contraire, un visage se pencha légèrement, deux yeux noirs le regardèrent avec intensité.

Il en fut surpris, car cela n'arrivait jamais. Sa femme et lui n'entretenaient aucune relation avec les Katz. Or, il aurait juré qu'elle avait tenté de mettre comme un message dans son regard, de faire un mouvement imperceptible pour lui expliquer quelque chose.

Il devait se tromper. Cela provenait de la tension dans laquelle il vivait. Vicieusement, Ryan avait tiré sa montre de sa poche et la tenait dans le creux de sa main comme pour une épreuve sportive.

— Je n'ai pas pensé à vous rappeler, Mr Ashby, que, dans tous les cas, que vous soyez témoin ou prévenu, vous avez le droit de ne répondre qu'en présence d'un attorney.

— Que suis-je en ce moment ?

— Témoin.

Il sourit, écœuré, regarda encore une fois la fenêtre des Katz et, comme s'il avait honte de quémander une aide extérieure, changea de place.

— Vous avez trouvé ?

— Non.

— Vous admettez que vous êtes entré dans la salle de bains de la jeune fille ?

— Je n'y suis pas allé.

— Vous avez une explication à proposer ?

Soudain, il faillit rire, d'un rire de méchant triomphe, car il venait de trouver, en effet, au moment où il renonçait à chercher, et c'était tellement bête !

— Ce n'est pas pendant la soirée d'hier que je me suis rendu dans la salle de bains de Belle, mais pendant celle d'avant-hier. J'étais bien en pantalon de flanelle, en effet, car je travaillais dans mon atelier quand ma femme est venue me rappeler que le porte-serviettes était à nouveau tombé.

Ce n'est qu'après coup qu'il en avait une sueur froide.

— Il s'est déjà descellé deux ou trois fois. Je suis monté avec mes outils et l'ai remis en place.

— Vous en avez une preuve ?

— Ma femme vous dira...

Ryan ne fit que regarder la porte de la cuisine d'une certaine façon, et Ashby comprit, dut se contenir à nouveau. Ce regard-là signifiait que Christine pouvait fort bien avoir entendu leur entretien et qu'elle n'allait pas le contredire. Le coroner aurait pu objecter, en outre, que, légalement, elle n'avait pas le droit de témoigner contre son mari.

— Attendez... dit Ashby en se levant, aussi fébrile qu'un élève qui sent la solution d'un problème au bord de ses lèvres, quel jour sommes-nous ? Mercredi ?

Il arpentait la pièce.

— Le mercredi, si je ne me trompe, Mrs Sturgis travaille chez Mrs Clark.

— Pardon ?

— Je parle de notre femme de ménage. Elle vient chez nous deux fois par semaine, le lundi et le vendredi. C'est avant-hier, donc lundi soir, que j'ai remis le porte-serviettes en place. Elle a certainement remarqué dans la journée qu'il était descellé.

Il décrochait le téléphone, composait le numéro des Clark.

— Excusez-moi de vous déranger, Mrs Clark. Est-ce qu'Elise est chez vous ? Cela ne vous ennuierait-il pas trop de l'appeler un instant à l'appareil ?

Il passa l'écouteur à Ryan, qui fut bien obligé de le prendre et de parler. Quand il raccrocha, il ne fit plus allusion à la salle de bains de Belle. Il posa encore quelques questions, pour la forme, afin de ne pas finir sur un échec. Par exemple, comment Ashby n'avait-il par remarqué avant de se coucher s'il y avait ou non de la lumière sous la porte de la jeune fille ? Il venait d'éteindre dans le living-room et dans le corridor. Comme il n'avait pas encore allumé dans la chambre à coucher, la moindre lueur aurait dû le frapper, non ? Et il n'avait vraiment entendu aucun bruit dans la maison ? Au fait, combien de whiskies avait-il bus ?

— Deux.

Il devait encore y avoir quelque chose derrière cette question de whisky.

— Vous êtes sûr que vous n'en avez bu que deux ? Cela a suffi pour vous donner un sommeil si lourd que vous n'avez pas entendu votre femme rentrer et se mettre au lit à côté de vous ?

— Il aurait pu se faire que, sans alcool, je ne l'entende pas.

C'était vrai. Une fois endormi, il ne s'éveillait que le matin.

— Quelle marque de whisky buvez-vous ?

Il le lui dit. Ryan le pria d'aller chercher la bouteille dans son bureau.

— Tiens ! Vous achetez toujours des bouteilles plates, d'un demi-litre ?

— La plupart du temps.

C'était une ancienne habitude, une manie, qui devait dater du temps où il ne pouvait s'offrir qu'une demi-bouteille à la fois.

— Miss Sherman buvait du scotch ?

Cela l'agaçait d'entendre parler de miss Sherman, car, pour lui, elle avait toujours été Belle, et il tressaillait chaque fois comme à un nom inconnu.

— Jamais devant moi.

— Il ne vous est pas arrivé d'en boire avec elle ?

— Certainement pas.

— Ni dans votre bureau, ni dans sa chambre ?

De la serviette de cuir déposée sur le tapis à côté du fauteuil, Ryan extrayait une bouteille plate de la même marque que celle qu'Ashby tenait encore à la main.

— Vous êtes évidemment un homme averti, et je suis sûr que, si vous vous étiez servi de cette bouteille dans les circonstances où on s'en est servi hier, vous auriez eu soin d'en effacer les empreintes digitales, n'est-ce pas ?

— Je ne comprends pas.

— Nous avons trouvé cette bouteille dans la chambre à coucher de miss Sherman, non loin du corps, cachée par un fauteuil. Comme vous pouvez le constater, elle est vide. Le contenu n'a pas été renversé sur le plancher, mais a été bu. Il n'y avait pas de verre dans la chambre. On ne s'est pas servi du verre à dents de la salle de bains.

— C'est elle qui a ?...

Il ne voulait pas le croire ; il était presque sûr qu'on allait lui répondre que non.

— Elle a bu à la bouteille, fatalement. Donc du whisky pur. Nous saurons dans quelques minutes quelle quantité contient l'estomac. Déjà il est certain, par l'odeur que dégageait la bouche, qu'elle a ingurgité une notable quantité d'alcool. Vous ne l'aviez pas remarqué, quand elle est allée vous dire bonsoir ?

— Non.

— Vous n'avez pas senti son haleine ?

Il n'en finirait plus s'il relevait tous les sous-entendus dont Ryan truffait ses questions. C'était curieux, car on ne disait jamais de mal de lui, c'était un homme qu'on considérait plutôt comme sympathique, et qui n'avait aucune raison d'en vouloir à Ashby, lequel ne pouvait en aucune manière lui porter ombrage.

— Je n'ai pas senti son haleine.

— Vous ne lui avez pas non plus trouvé le regard bizarre ?

— Non.

Le mieux était de répondre sèchement, sans commentaires.

— Rien, dans ce qu'elle vous a dit, ne vous a laissé supposer qu'elle était ivre ?

— Non.

— Vous avez entendu ce qu'elle disait ?

— Non.

— C'est ce dont je croyais me souvenir. De sorte que, occupé comme vous l'étiez, penché sur votre

56

ouvrage, si elle avait été hors de son état normal, vous ne vous en seriez probablement pas aperçu ?

— C'est possible. Je reste persuadé qu'elle n'avait pas bu.

Pourquoi disait-il cela ? Il n'en était pas tellement persuadé. Jusque-là, il n'y avait pas pensé, voilà tout. Maintenant, c'était plutôt par une sorte de fidélité à Christine — fidélité qu'il étendait à ses amies — qu'il défendait Belle. N'avait-il pas noté qu'elle était pâle, qu'elle avait l'air triste, anxieuse ou mal portante ?

— Je ne vois pas d'autres questions à vous poser pour le moment et je serais désolé que vous croyiez à de l'animosité de ma part, mon cher Spencer. Voyez-vous, il y a vingt-trois ans très exactement ce mois-ci que nous n'avons pas eu de crime de ce genre dans le comté. C'est vous dire qu'il fera un certain bruit. Vous pouvez vous attendre, tout à l'heure, à la visite de messieurs les journalistes et, si vous voulez un conseil, vous les recevrez du mieux que vous pourrez. Je les connais. Ils ne sont pas méchants, mais si on met de la mauvaise grâce à les renseigner...

Quand la sonnerie du téléphone se fit entendre, il tendit la main avant qu'Ashby eût pu s'approcher. Il devait attendre cette communication, car il avait placé l'appareil à côté de son fauteuil.

— Allô !... Oui... C'est moi... Oui...

Miss Moeller tirait sur sa robe, souriait à Ashby comme pour lui dire qu'elle n'avait personnellement rien contre lui, peut-être pour le féliciter de s'en être si bien tiré.

— Oui... Oui... Je vois... Cela vous donne l'occasion d'une contre-épreuve... Non ! Le cas ne se présente pas tout à fait comme je l'avais envisagé... C'est curieux... Oui... J'ai vérifié... A moins de croire à une préparation minutieuse, ce qui, *a priori*...

On sentait qu'il s'efforçait de dire ce qu'il avait à dire sans être compris d'Ashby.

— Nous en parlerons tout à l'heure. Je suis obligé de rentrer à Lichtfield où l'on m'attend... Je crois en effet préférable que ce soit vous qui veniez... Oui... Oui... (Il souriait légèrement.) Nous sommes obligés de le faire... Je lui en parlerai...

Le récepteur raccroché, il alluma un nouveau cigare.

— Il restera, tout à l'heure, une formalité à laquelle je vous demanderai de vous soumettre. Ne vous en vexez pas. Wilburn viendra lui-même vous voir dès qu'il aura fini là-bas et il en aura pour deux minutes à vous examiner.

Ryan était debout, miss Moeller aussi, qui se dirigeait vers la serviette béante.

— Je ne vois aucune raison de ne pas vous révéler de quoi il s'agit. Pour autant qu'on puisse en juger, miss Sherman s'est défendue.

» On vient de retrouver sous ses ongles un peu de sang qui ne lui appartient pas. Selon toutes probabilités, le meurtrier porte donc une ou plusieurs blessures légères...

Il alla familièrement ouvrir la porte de la cuisine.

— Vous pouvez revenir, Mrs Ashby. Au fait, que je vous pose une question, à vous aussi.

Il le faisait avec enjouement, avec l'air de plaisanter, comme pour se faire pardonner.

— Quand avez-vous vu votre mari pour la dernière fois dans la chambre de miss Sherman ?

Pauvre Christine ! Elle devenait toute pâle, les regardait tour à tour avec des yeux interrogateurs.

— Je ne sais pas... Attendez...

— Cela suffit. Ne cherchez plus. Ce n'était qu'une petite expérience. Si vous m'aviez répondu tout de suite : lundi soir, j'en aurais conclu que vous vous étiez mis d'accord ou que vous écoutiez aux portes.

— C'est pourtant bien lundi soir, à cause du...

— Du porte-serviettes, je sais ! Je vous remercie, Mrs Ashby. A bientôt, Spencer. Vous venez, miss Moeller ?

Et voilà ! Il avait passé son premier examen. Ils pouvaient souffler un moment en attendant les épreuves suivantes. Christine, comme si elle savait que la maison en aurait pour un certain temps avant de reprendre son visage normal, n'avait pas dressé les couverts dans la salle à manger, mais dans la cuisine. Ainsi la journée restait une journée d'exception.

— Pour quelle raison le docteur doit-il revenir ?

— Wilburn a relevé des traces de sang sous les ongles de Belle. Il tient à s'assurer que...

Il comprit que cela faisait de l'effet à Christine. C'était plus direct que le reste et, pour la première fois, cela faisait image. Il faillit lui poser doucement la main sur l'épaule, doucement aussi lui demander :

— Tu me crois toujours innocent, n'est-ce pas ?

Il savait que oui. C'était une façon de pouvoir ensuite la remercier. Elle ne l'émouvait pas souvent. Leurs effusions étaient presque inexistantes. Ils étaient plutôt comme deux grands camarades, et c'était justement comme à un camarade qu'il avait envie de lui dire merci.

Elle s'était bien comportée, il était content d'elle. Il s'asseyait à table en lui adressant un petit sourire qui n'était pas bien éloquent, mais qu'elle devait comprendre.

Peut-être, derrière leur dos, y avait-il des gens pour se moquer de leur ménage ? Les langues, en tout cas, avaient dû marcher, au moment de leur mariage, auquel personne ne s'attendait. Il y avait dix ans de cela. Il avait alors trente ans, et Christine trente-deux. Elle vivait avec sa mère et tout le monde était persuadé qu'elle ne se marierait jamais.

On ne l'avait pas vu lui faire la cour, ils n'avaient jamais dansé ensemble et le seul endroit où ils se rencontraient était *Crestview School*, dont Christine, depuis la mort de son père, était devenue une des *trustees*. Autrement dit, leurs entrevues avaient lieu sur les terrains de football, de baseball, ou à des pique-niques scolaires.

Ils étaient restés longtemps persuadés, eux aussi, qu'ils n'étaient pas faits pour le mariage. Christine et sa mère avaient de l'argent. Ashby vivait là-haut dans le bungalow au toit vert des célibataires et s'offrait chaque été un voyage solitaire en Floride, au Mexique, à Cuba ou ailleurs.

Peu importe comment cela s'était fait. Ils n'auraient pas pu dire ni l'un ni l'autre ce qui les avait décidés. Avant d'en parler, ils avaient attendu la mort de la mère de Christine, qui souffrait d'un cancer et qui n'aurait pas supporté un nouveau visage dans sa maison. S'étaient-ils réellement habitués à dormir dans la même chambre et à se déshabiller l'un devant l'autre ?

— J'ai l'impression que le lieutenant Averell reviendra nous voir prochainement, dit-elle.

— Je le pense aussi.

— Je suis allée à l'école avec sa sœur. Ils sont de Sharon.

Cela se passait toujours ainsi entre eux. Il leur arrivait, comme à tout le monde, de ressentir une certaine émotion ; une sorte de courant de tendresse s'établissait, ténu, subtil, fragile, aurait-on dit, et, comme s'ils en avaient honte, ils parlaient bien vite de gens qu'ils connaissaient ou d'achats à faire.

Ils ne s'en comprenaient pas moins et c'était bon quand même. Spencer était en train de se demander s'il n'allait pas faire part à sa femme de l'impression qu'il avait eue tout à l'heure en regardant Mrs Katz à sa fenêtre. Il en était encore surpris et se demandait si elle avait vraiment voulu lui transmettre un message.

Cela aurait été curieux, car il n'y avait point de contact entre les deux maisons tout juste séparées par une pelouse. On ne s'était jamais parlé. On ne se saluait pas. Ce n'était pas la faute des Katz. Ce n'était pas celle des Ashby non plus, tout au moins directement.

En somme, les Ashby appartenaient à la société locale, et les Katz étaient d'une autre race. Vingt ans plus tôt, l'idée ne leur serait même pas venue de s'installer dans le pays. Maintenant qu'ils y étaient plusieurs familles, ils ne s'y sentaient pas encore à l'aise ; c'étaient, pour la plupart, des gens de New York, qu'on ne voyait que l'été, qui bâtissaient autour des lacs et conduisaient de grosses voitures.

La petite Mrs Katz était une des rares à passer l'hiver presque seule dans sa maison. Elle était toute jeune, très orientale, avec des traits stylisés, des yeux immenses, un peu bridés, de sorte que, de la voir aller et venir dans sa grande maison avec deux domestiques pour la servir, on évoquait une atmosphère de harem.

Katz, qui avait trente ans de plus qu'elle, était petit, très gros, si gras qu'il marchait les jambes écartées, avec des pieds de femme toujours chaussés de cuir verni.

Peut-être était-ce par jalousie qu'il l'enfermait ainsi à la campagne ? Il était dans la bijouterie bon marché, possédait des succursales un peu partout. On voyait arriver sa Cadillac noire conduite par un chauffeur en livrée et, pendant quelques jours, il rentrait chaque soir, pour disparaître ensuite pour une semaine ou deux.

Les Ashby n'en parlaient jamais, affectaient de ne pas regarder cette maison, qui était la seule proche de la leur, et d'ignorer la toute jeune femme dont ils finissaient pourtant, bon gré mal gré, par connaître les moindres allées et venues comme elle connaissait les leurs.

Parfois, derrière sa fenêtre, elle donnait l'impression d'un enfant qui brûle d'envie d'aller jouer avec les autres et il lui arrivait, pour se distraire, de changer cinq ou six fois de robe par jour, sans personne pour l'admirer.

Etait-ce à Spencer qu'elle essayait de les faire voir ? N'était-ce pas pour lui que, certains soirs, elle s'asseyait au piano en prenant les poses qu'on voit aux artistes de concert ?

— Ryan m'a prévenu que nous allions avoir les journalistes.

— Je m'y attends aussi. Tu ne manges plus ?

Il subsistait comme un vide autour d'eux. La maison avait changé, quoi qu'ils fissent, et ce n'était pas tout à fait par hasard, ni seulement par pudeur, qu'ils évitaient de se regarder en face.

Cela passerait. Ils en étaient au point où l'on ne se rend pas encore compte de l'importance de la secousse, comme après une chute. On se relève, on croit que ce n'est rien ; ce n'est que le lendemain...

— La voiture de Wilburn !

— J'y vais. C'est pour moi !

Pouvait-on lui demander de ne pas laisser percer d'amertume dans sa voix ? Et de ne pas ressentir un malaise en présence du docteur qui venait d'autopsier Belle ? Wilburn avait encore les mains blanches et glacées de s'être savonné et brossé les ongles.

— Je suppose que Ryan vous a prévenu ? Je passe directement dans votre chambre ?

Il emportait sa trousse avec lui comme s'il rendait visite à un malade. Remarquant une tache jaune sur la lèvre supérieure du docteur, Ashby se souvint d'avoir entendu celui-ci raconter que, quand il travaillait sur un mort, il fumait cigarette sur cigarette en guise de désinfectant.

Comment ne pas penser à Belle ? Cela créait des images précises qu'il aurait préféré chasser, surtout au moment où il était obligé de se déshabiller, de se mettre tout nu, en plein jour, sous le regard ironique de Wilburn.

Il n'y avait pas dix minutes que celui-ci était penché sur la jeune fille. Maintenant...

— Pas d'égratignure, pas de bobo ?

Il passait ses doigts glacés sur la peau, s'attardait, repartait.

— Ouvrez la bouche. Encore. Bon ! Tournez-vous...

Ashby aurait pu pleurer, plus humilié que tout à l'heure, quand Ryan l'accusait presque crûment.

— Qu'est-ce que cette cicatrice ?

— Elle date d'au moins quinze ans. Je ne m'en souvenais pas.

— Brûlure ?

— Un réchaud de camping qui a explosé.

— Vous pouvez vous rhabiller. Rien, bien entendu.

— Et si j'avais eu par hasard une égratignure ?
Si je m'étais coupé ce matin en me rasant ?

— Une analyse nous aurait dit si votre sang
appartient à la même catégorie.

— Et si, justement...

— On ne vous aurait pas encore pendu, n'ayez
pas peur. C'est beaucoup plus compliqué que vous
le pensez, car ces sortes de crimes ne sont pas
commis par n'importe qui.

Il reprenait sa trousse, ouvrait la bouche comme
quelqu'un qui va révéler un secret important, se
contentait en fin de compte de prononcer :

— Il y aura probablement du nouveau très
bientôt.

Il hésitait.

— En somme, vous connaissiez fort peu cette
gamine, n'est-ce pas ?

— Elle vivait chez nous depuis environ un mois.

— Votre femme la connaissait ?

— Elle ne l'avait jamais vue auparavant.

Le docteur hochait la tête, avec l'air de discuter
le cas en son for intérieur.

— Evidemment, vous n'avez jamais rien
remarqué ?

— Vous voulez parler du whisky ?

— Ryan vous a dit ? Elle en a ingurgité un bon
tiers de bouteille et il faut écarter l'hypothèse
qu'on lui ait versé l'alcool dans la gorge ou qu'on
le lui ait fait prendre par surprise.

— Nous ne l'avions jamais vue boire.

Une flamme ironique dansait dans les yeux du
docteur, qui mit une curieuse insistance à poser la
question suivante, d'une voix presque basse,
comme si elle devait rester entre hommes.

— *Personnellement*, rien ne vous a frappé dans
ses attitudes ?

Pourquoi cela rappelait-il à Ashby l'ignoble photographie du Vermont et le sourire de Bruce ? Le vieux docteur, lui aussi, semblait quêter Dieu sait quel aveu, solliciter Dieu sait quelle complicité.

— Vous ne comprenez pas ?

— Je ne pense pas que je comprenne.

Wilburn ne le croyait pas, n'en hésitait pas moins à aller plus loin, et c'était une situation gênante.

— Pour vous, ce n'était qu'une jeune fille comme les autres ?

— Si vous voulez... La fille d'une amie de ma femme.

— Jamais elle n'a tenté de vous faire des confidences ?

— Certainement pas.

— Vous n'avez pas eu la curiosité de lui poser de questions ?

— Pas davantage.

— Elle ne mettait aucune insistance à vous rejoindre dans votre bureau lorsque votre femme était absente ?

Ashby devenait plus sec.

— Non.

— Il ne lui est pas non plus arrivé de se déshabiller devant vous ?

— Je vous serais obligé de le croire.

— Il n'y a pas d'offense. Je vous remercie et je vous crois. Au surplus, ce n'est pas mon affaire.

En sortant, Wilburn se pencha pour saluer Christine qui refermait le Frigidaire. Il l'appelait par son prénom. Il l'avait connue tout petite. C'était même probablement lui qui avait présidé à sa venue au monde.

— Je vous rends votre mari en parfait état.

Elle n'appréciait pas ces plaisanteries-là non

plus et, quand il sortit enfin, le docteur était seul à sourire.

Il n'en laissait pas moins quelque chose derrière lui, qu'il avait apporté sciemment ou non, et qui était comme de la graine de trouble.

La preuve, c'est qu'Ashby se demandait déjà ce qu'il y avait derrière certaines de ses questions. Il avait l'impression de comprendre, puis se disait qu'il devait se tromper. Sur le point d'en parler à Christine, il se taisait, se renfrognait et, le résultat, c'est qu'il se mettait à penser, presque sans cesse, à des problèmes qui n'avaient jamais occupé son esprit.

4

On n'avait pas eu le blizzard annoncé par la radio. La neige avait même cessé de tomber, mais un vent violent avait soufflé toute la nuit. Christine et lui étaient couchés depuis plus d'une heure, peut-être une heure et demie, quand il s'était levé sans bruit et avait pénétré dans la salle de bains. Comme il ouvrait avec précaution l'armoire à pharmacie, il avait entendu, venant du lit, dans l'obscurité de la chambre, la voix de sa femme qui demandait :

— Ça ne va pas ?

— Je prends un phéno-barbital.

A la façon dont elle parlait, il avait compris qu'elle n'avait pas encore dormi non plus. Il y avait un bruit régulier, dehors, un objet qui battait contre la maison à un rythme obsédant. Il cherchait, sans y parvenir, à deviner ce que c'était.

Le matin, seulement, il découvrit qu'une corde à linge s'était brisée et, durcie par le gel, frappait un des montants de la véranda, près de leur fenêtre. Le vent était tombé. Une croûte craquante couvrait la neige de la veille, et l'eau avait gelé partout ; on voyait, d'en haut, les voitures rouler au ralenti sur la route glissante où les camions de sable n'étaient pas encore passés.

Il avait pris son petit déjeuner comme d'habitude, endossé son pardessus, mis ses gants, son chapeau, ses caoutchoucs, saisi enfin sa serviette et, alors qu'il était debout près de la porte, Christine s'était approchée pour lui tendre gauchement la main.

— Tu verras que, dans quelques jours, personne n'y pensera plus !

Il la remercia d'un sourire, mais elle se trompait sur son compte. Elle avait cru que ce qui l'impressionnait, au moment de sortir, c'était l'idée de rencontrer des gens, comme le groupe, par exemple, qui stationnait au bas de la côte, et la perspective de tous les regards qui allaient se poser sur lui, des questions formulées ou non. La veille, à neuf heures du soir, il y avait encore des amies qui téléphonaient à Christine ! Et on commençait à revoir, dans le froid du matin, les gens de la police qui allaient de maison en maison.

Elle ne pouvait pas savoir que, ce qui avait rendu sa nuit pénible, ce n'était pas du tout le souci de ce que pouvaient dire ou penser les autres, ni le battement de la corde à linge, mais une simple image. Pas même une image nette. Pas toujours non plus exactement la même. S'il ne dormait pas, il n'était pas non plus tout à fait lucide, et ses perceptions étaient un peu brouillées. A la base, il y avait Belle, bien reconnaissable, telle qu'il l'avait vue sur le plancher de sa chambre quand on avait ouvert la porte. Mais parfois, dans son esprit, il y avait des détails qu'il n'avait pas eu le temps de distinguer alors, des détails qu'il ajoutait donc de son propre chef et qui provenaient de la photographie de Bruce.

Le docteur Wilburn participait à son cauchemar éveillé et, par moments, se compliquait d'expressions empruntées à son ancien petit camarade du Vermont.

Il avait honte, s'efforçait de rejeter ces images, et c'est pourquoi il essayait de concentrer sa pensée sur le bruit extérieur, en s'efforçant d'en deviner la cause.

— Pas trop fatigué ? lui avait demandé Christine.

Il savait qu'il était pâle. Il se sentait triste, car, dans la lumière du jour, dans le living-room même, un instant auparavant, alors qu'il était assis pour enfiler ses bottes, il avait encore revu l'image. Pourquoi, tout de suite après, avait-il levé les yeux vers les fenêtres des Katz ? Ce geste indiquait-il un enchaînement d'idées inconscient ?

On allait savoir si Mrs Katz, la veille, avait réellement eu l'intention de lui transmettre un message, car il était improbable que le chef de la police n'eût pas parlé aux journalistes de la visite qu'il avait faite en face. Ashby ignorait si c'était elle qui avait téléphoné pour qu'on aille l'interroger ou si Holloway s'y était rendu de son propre chef. Il avait aperçu le petit policier qui descendait de voiture, vers quatre heures, alors qu'un peu de jour traînait encore.

— Tu as vu, Spencer ?

— Oui.

Ils avaient évité l'un comme l'autre de surveiller les fenêtres éclairées, mais ils savaient que la visite avait duré plus d'une demi-heure. C'est à ce moment-là qu'ils avaient reçu un câble de Paris par lequel Lorraine, affolée, annonçait son départ par le prochain avion.

Les rideaux étaient encore fermés chez les Katz. Ashby sortit sa voiture du garage, la pilota lentement dans l'allée glissante et dut attendre pour tourner sur la grand-route, pas ému du tout des regards que les quelques personnes attroupées lui lançaient. C'étaient des gens qu'il connaissait vaguement et il les salua d'un signe de la main, comme d'habitude.

A cause de la buée, il dut faire marcher l'essuie-glace. Chez le marchand de journaux, à cette heure-ci, il n'y avait presque personne. Il trouvait, toujours à la même place, un numéro de *New York Times* avec son nom écrit au crayon, mais, ce matin, sur deux piles proches, il prit également des exemplaires d'un journal de Hartford et d'un journal de Waterbury.

— Quelle histoire, Mr Ashby ! Vous avez dû en être tout retourné !

Il dit oui, pour faire plaisir. Cela devait être le gros journaliste qui avait écrit l'article de Hartford, un homme terne, entre deux âges, comme usé au contact des trains et des comptoirs de bars, qui avait travaillé dans presque toutes les villes des Etats-Unis et qui se sentait partout chez lui. Il avait choqué Christine, dès son arrivée, parce qu'il n'avait pas retiré son chapeau et qu'il l'avait appelée « ma petite dame ». Ou était-ce « ma bonne dame » ? Sans en demander la permission, il avait fait le tour de la maison, comme un acheteur éventuel, hochant la tête, prenant des notes, ouvrant armoires et tiroirs dans la chambre de Belle, défaisant le lit que Christine avait eu soin de refaire.

Quand il s'était enfin laissé tomber sur le canapé du salon, il avait regardé Ashby d'un air interrogateur et, comme celui-ci ne semblait pas comprendre, lui avait adressé un signe qui indiquait clairement qu'il avait soif.

En une heure, il avait vidé un tiers de bouteille,

sans cesse de poser des questions et d'écrire, à croire qu'il avait l'intention de remplir le journal avec son article, et, quand son confrère de Water- bury s'était présenté à la porte, il lui avait dit d'un ton protecteur :

— Ne force pas ces braves gens à recommencer leur histoire, car ils sont fatigués. Je te passerai les tuyaux. Va m'attendre à la police.

— Les photos ?

— Bon. On les prend tout de suite.

En première page du journal figurait une pho- tographie de la maison vue de l'extérieur, une de Belle et une de sa chambre. C'était convenu. Mais, à l'intérieur, on avait publié un cliché d'Ashby dans son cagibi, que le reporter avait promis de détruire. Il l'avait pris par surprise, au moment où Spencer expliquait le fonctionnement du tour, et une croix marquait l'endroit du seuil où Belle se tenait debout la veille au soir.

Le marchand de journaux le mangeait des yeux, comme si, depuis la veille, il était devenu un per- sonnage d'une autre essence ; et deux clients qui ne firent qu'entrer et sortir pour prendre leur jour- nal lui jetèrent un coup d'œil curieux.

Il n'alla pas à la poste, car il n'attendait pas de courrier, remonta dans sa voiture qu'il arrêta au bord du chemin, de l'autre côté de la rivière. Une fois à l'école, en effet, il n'aurait plus le temps de lire. Or, la veille, il n'avait revu aucun personnage officiel, ni Ryan, ni le lieutenant Averell, ni Mr Hol- loway, qui s'était bien arrêté devant chez eux, mais pour entrer dans l'autre maison.

Au fond, sa femme et lui avaient été plus trou- blés par ce calme-là que par l'effervescence du matin. Sans les journalistes, ils auraient été seuls le reste de la journée, avec des gens qui passaient devant les fenêtres, tard le soir encore, et dont on entendait les pas sur la neige craquante.

C'était déroutant de ne rien savoir. Des amies téléphonaient à Christine, mais elles n'en savaient pas davantage et n'appelaient que pour poser des questions auxquelles ils étaient gênés de ne pouvoir répondre.

On avait l'air de les tenir à l'écart. Le seul coup de téléphone pouvant passer pour officiel fut celui de miss Moeller, la secrétaire de Ryan, qui demandait l'adresse des Sherman en Virginie.

— Il n'y a personne chez eux. Comme je vous l'ai dit, Lorraine est à Paris. Elle sera ici demain.

— Je sais. J'ai besoin de son adresse quand même.

L'air, dans l'auto, était froid, et il y avait toujours le battement de l'essuie-glace qui rappelait à Spencer la corde à linge de la nuit. L'article était long. Il n'avait pas le loisir de tout lire. Il voulait être à l'école à l'heure, cherchait seulement les passages qui lui apprendraient du nouveau.

Comme d'habitude dans ces sortes d'affaires, les soupçons se sont d'abord portés sur les personnes ayant des antécédents. C'est pourquoi, dès le début de l'après-midi, la police a interrogé deux habitants de la localité qui, au cours des dernières années, ont été mêlés à des affaires de mœurs. Leur emploi du temps, la nuit du meurtre, a fait l'objet de minutieuses vérifications qui paraissent les avoir mis l'un et l'autre hors de cause.

Ashby était stupéfait. Jamais il n'avait entendu parler de crimes sexuels dans le pays. Pas une fois il n'y avait été fait allusion dans les maisons qu'il fréquentait et il se demandait qui ces deux hommes pouvaient être, ce qu'ils avaient fait exactement.

D'après le docteur Wilburn, d'ailleurs, qui se borne à de trop rares indications, elles-mêmes mystérieuses, l'affaire pourrait réserver des surprises et se placer sur un plan différent, où il ne serait plus question d'un maniaque sexuel ordinaire.

Il fronçait les sourcils, avait l'impression désagréable qu'on le désignait à nouveau, il lui semblait voir le hideux sourire du docteur, ses yeux pétillant de féroce ironie.

Au lieu de nous révéler ce qu'il en pense ou ce qu'il a découvert, le docteur Wilburn nous a fait remarquer quelques points curieux, comme, par exemple, qu'il est si rare, dans ces sortes d'attentats, que le criminel prenne soin d'effacer ses traces, comme aussi le fait que l'assaillant se soit introduit dans la maison sans effraction. Il est plus étrange encore...

Il sauta des lignes, par peur d'être en retard. Il avait un peu honte d'être arrêté ainsi dans une sorte de no man's land, entre sa maison et *Crestview*, comme s'il s'efforçait d'échapper aux regards des deux.

Ce qu'il était anxieux d'apprendre, on ne l'imprimerait sans doute pas. Au début de l'article, il y avait deux lignes sibyllines :

Il semble établi que la victime n'a pas subi de violences avant d'être étranglée, car, en dehors des ecchymoses de la gorge, le corps ne porte aucune trace.

73

Il aurait préféré ne pas y penser avec autant de précision. Ils n'en avaient même pas parlé entre eux, Christine et lui. De tout l'après-midi et de la soirée, à les entendre, on aurait pu croire que le meurtre n'avait eu aucun mobile.

Or on prétendait maintenant que la strangulation n'avait pas été précédée de violences. Si, par ce mot, le journal entendait les violences sexuelles, cela ne contredisait-il pas un autre passage où il était question d'*assauts répétés* ?

Etait-ce cela qui le préoccupait ? Il tourna la page sans finir la colonne, passa à un sous-titre dans lequel figurait le nom de Mrs Katz, et c'est ainsi qu'il apprit qu'elle s'appelait Sheila.

Une déposition faite spontanément dans le courant de l'après-midi pourrait bien circonscrire le champ des recherches. On se demandait comment le meurtrier avait pu pénétrer dans la maison sans laisser de traces d'effraction à la porte ou aux fenêtres. Or on se souvient qu'à son retour du cinéma (?) Belle Sherman est descendue dans le bureau de son hôte, Spencer Ashby, où elle n'est restée qu'un moment et où, pour la dernière fois, elle a été vue vivante.

Ce n'est plus tout à fait exact. Mrs Sheila Katz, dont la maison fait face à celle des Ashby, venait de quitter son piano pour se détendre un instant, vers neuf heures et demie du soir, quand son regard est tombé sur deux silhouettes qui se dessinaient vaguement dans le mauvais éclairage de l'allée. Elle a reconnu celle de la jeune fille, qui lui était familière, mais elle n'a pas prêté grande attention à l'homme d'assez grande taille qui était en conversation avec elle.

Belle Sherman n'a pas tardé d'entrer dans la mai-

son, dont elle ouvrit la porte avec une clef prise dans son sac et, au lieu de s'éloigner, l'homme resta debout dans l'allée.

Deux ou trois minutes plus tard, la porte s'ouvrait à nouveau. Belle Sherman ne sortait pas. Mrs Katz ne l'a pas revue à proprement parler. Elle a seulement aperçu un bras qui tendait un objet au jeune homme, lequel s'est éloigné aussitôt.

Ne peut-on pas supposer qu'il s'agit de la clef de la maison ?

Mrs Ashby, de son côté, a déclaré que, dès l'arrivée de la jeune fille chez elle, voilà un mois, elle lui avait remis une clef. Or cette clef n'a été retrouvée ni dans la chambre, ni dans le sac à main, ni dans les vêtements de Belle.

Les détectives ont passé la soirée à questionner un certain nombre de jeunes gens de la localité et des villages environnants. Au moment où nous mettons sous presse, personne n'admet avoir vu la jeune fille au cinéma ou ailleurs.

Un coup de klaxon le fit tressaillir comme s'il était pris en faute. C'était Whitaker, le père d'un de ses élèves, qui descendait la côte et lui envoyait le bonjour de la main. Cela lui fit plaisir, parce que le geste était familier, de tous les jours, comme s'il ne s'était rien passé. Mais Whitaker n'allait-il pas maintenant raconter qu'il avait vu le professeur seul dans son auto au bord de la route ?

Il monta la côte à son tour, un peu triste de nouveau, d'une tristesse grise, sans motif précis, sans vigueur, comme si quelqu'un lui avait volontairement fait de la peine. Il n'y avait pas un arbre du chemin qui ne lui fût familier, et plus familier encore était le pavillon au toit vert où, pendant des années, il avait fait partie du clan des célibataires.

De ceux de cette époque-là, il n'y en avait plus qu'un à *Crestview*, car il se passe pour les professeurs ce qui se passe pour les élèves. Les juniors devenaient peu à peu des seniors. Ceux avec qui il avait vécu dans le pavillon étaient mariés, sauf un professeur de latin, et la plupart enseignaient maintenant dans des collèges. Comme cela arrive chaque année avec les élèves dans les petites classes, il y en avait maintenant des nouveaux, qui le regardaient comme un homme d'âge et hésitaient à l'appeler par son prénom.

Il laissa sa voiture dans le hangar, gravit les marches du perron, se débarrassa de ses bottes et de son manteau. La porte du bureau de miss Cole était toujours ouverte et la secrétaire se leva, frétillante, à son arrivée.

— Je viens justement de téléphoner chez vous pour savoir si nous devions compter sur vous.

Elle lui souriait, contente, sûrement, de le revoir. Mais pourquoi le regardait-elle comme, malgré soi, on regarde quelqu'un qui relève d'une maladie grave ?

— Mr Boehme sera enchanté, et tous les professeurs...

Au-delà d'une porte vitrée, c'était le grand couloir où les élèves, à cette heure-ci, se préparaient à entrer en classe et finissaient de s'ébrouer. Dans tout le bâtiment régnait une odeur de café au lait et de papier buvard qu'il avait connue toute sa vie et qui était la vraie odeur de son enfance.

— Vous pensez, vous, que cela peut être quelqu'un du pays ?

Elle avait la réaction qu'il avait eue la veille, un peu simplifiée. Il ne s'agissait plus d'un crime théorique comme on en lit dans les journaux. Cela s'était produit dans leur village, et c'était quelqu'un de leur village, quelqu'un qu'ils connaissaient, avec qui ils avaient vécu, qui était coupable de cette incroyable aberration.

— Je ne sais pas, miss Cole. Ces messieurs sont très discrets.

— Ce matin, la radio de New York en a parlé en quelques mots.

Sa serviette sous le bras, il franchit la porte vitrée et marcha vers sa classe en regardant droit devant lui. C'était encore des élèves qu'il avait le plus peur, peut-être parce qu'il se souvenait du regard de Bruce. Il sentait qu'ils n'osaient pas l'observer ouvertement, qu'ils le laissaient passer en ayant l'air de continuer leurs conversations. Ils n'en étaient pas moins impressionnés, et plusieurs devaient avoir la gorge serrée.

Car il n'y avait pas de preuve formelle qu'il fût innocent. A moins qu'on découvre le meurtrier et que celui-ci avoue, il n'existerait jamais de certitude absolue. Et, même alors, il se trouverait des gens pour douter. Ne douterait-on pas de lui, il lui semblait qu'il en garderait quand même comme une souillure.

Il en avait voulu à Ryan, la veille au matin, pendant l'interrogatoire. Le coroner était un homme vulgaire, assez mal dégrossi. Ashby l'avait trouvé indécent et s'était figuré qu'il le détesterait pendant le reste de ses jours. Or c'est à peine s'il y pensait encore. Ryan, en réalité, l'avait surpris par son agressivité, plus exactement l'avait déçu en ne manifestant pas à son égard la solidarité qu'il attendait de chacun.

Le docteur Wilburn, lui, lui avait fait mal, profondément, sciemment. C'était à cause de lui qu'à présent encore, en prenant place devant ses trente-cinq élèves, Ashby revoyait l'image de Belle qui lui sautait aux yeux, celle qu'il voulait oublier, celle de la chambre, quand on avait entrouvert la porte avec l'air de s'attendre à ce qu'il se troublât.

A ce moment-là, Christine doutait aussi. Combien, parmi les adolescents qui levaient leur visage vers lui, étaient persuadés qu'il avait tué Belle ?

— Adams, dites-nous ce que vous savez du commerce des Phéniciens...

Il circulait lentement entre les pupitres, les mains derrière le dos, et personne n'avait probablement jamais été frappé par le fait que, toute sa vie, il l'avait passée à l'école. Comme élève d'abord, bien sûr. Puis comme professeur, sans qu'il y ait eu de réelle transition. De sorte que, lorsqu'il avait quitté le pavillon au toit vert pour épouser Christine et habiter chez elle, c'était la première fois qu'il sortait de l'atmosphère des réfectoires et des dortoirs.

— Larson, corrigez l'erreur qu'Adams vient de faire.

— Je m'excuse, monsieur, je n'écoutais pas.

— Jennings.

— Je... Moi non plus, monsieur.

— Taylor...

Il ne rentrait pas déjeuner chez lui, car chaque professeur avait une table à présider. A la courte récréation de dix heures et demie, il échangea quelques mots avec ses collègues, et personne ne parla de l'affaire. Il gardait l'impression que les gens s'efforçaient d'être gentils avec lui, sauf, bien entendu, les Ryan et les Wilburn. Il n'avait aperçu Mr Boehme, le principal, que de loin, passant d'un bureau à un autre.

C'est au moment où il allait se rendre au réfectoire que miss Cole s'approcha de lui dans le couloir et lui dit avec une certaine gêne :

— Mr Boehme voudrait que vous alliez le voir dans son bureau.

Il ne fronça pas les sourcils. On aurait dit qu'il s'y attendait, qu'il s'attendait désormais à tout. Il entra, salua, resta debout, attendit.

— Je suis fort embarrassé, Ashby, et j'aimerais que vous y mettiez du vôtre, afin de me rendre la tâche moins difficile.

— J'ai compris, monsieur.

— Déjà hier, j'ai reçu deux ou trois coups de téléphone angoissés. Ce matin, il paraît que la radio de New York a parlé de votre affaire et...

Il avait dit : *votre* affaire !

— ... et c'est le vingtième appel que je reçois en moins de trois heures. Remarquez que le ton est différent de celui d'hier. La plupart des parents paraissent comprendre que vous n'y êtes pour rien. Leur impression est que, moins les enfants s'occupent de cette histoire, mieux cela vaudra, et c'est certainement votre avis aussi. Votre présence ne peut que...

— Oui, monsieur.

— Dans quelques jours, quand l'enquête sera terminée et que l'émotion sera calmée...

— Oui, monsieur.

Il ne l'avoua à personne, mais, à ce moment-là, à ce moment précis, il pleura. Pas à chaudes larmes, ni avec des sanglots. Simplement une chaleur qui lui montait aux yeux, un peu d'humidité, le picotement des paupières. Mr Boehme s'en aperçut d'autant moins qu'Ashby lui souriait d'un air encourageant.

— J'attendrai que vous me fassiez signe. Je vous demande pardon.

— Ce n'est pas votre faute. A bientôt...

Cette petite scène-là, c'était beaucoup plus

important que le principal ne pouvait le supposer, plus important qu'Ashby ne l'avait prévu. De Ryan, il l'avait supporté. Même du docteur, cela restait une affaire personnelle, presque intime, qui ne mettait que lui en jeu.

Maintenant, cela venait de l'école. Or, s'il avait pu parler à quelqu'un à cœur ouvert, il aurait dit... Non ! il ne l'aurait pas dit. On n'admet pas ces choses-là. On évite de les penser. Il avait épousé Christine. Il était censé avoir fait sa vie avec elle. Mais, quand Belle était venue lui dire bonsoir, par exemple, il était en train de tourner du bois. Dans ce qu'il appelait son cagibi. Et à quoi ressemblait son cagibi ? A celui qu'il s'était arrangé dans le bungalow au toit vert. Le vieux fauteuil de cuir s'y trouvait déjà. Quant à l'habitude de travailler au tour, il l'avait prise dans l'atelier des élèves.

Il valait mieux ne pas approfondir, ne pas chercher ce que cela signifiait.

Il n'était pas malheureux. Il évitait les gens qui se plaignent, n'était pas loin de les trouver indécents, comme ceux qui parlent de choses sexuelles.

Mr Boehme avait raison. En tant que principal, il n'avait pas le droit d'agir autrement qu'il venait de le faire. Sa décision n'impliquait aucun soupçon, aucune critique. Simplement, il valait mieux que, pendant un certain temps...

Miss Cole le savait déjà, car, lorsqu'il passa dans le couloir, elle lui lança avec une gaieté forcée :

— A bientôt ! Très bientôt, j'en suis sûre !

Comment expliquer cela : dans la maison de sa femme, il s'aménageait un coin à l'image de l'école pour se sentir chez lui, et maintenant c'était l'école qui le rejetait, au moins provisoirement, de sorte qu'il allait auprès de sa femme pour...

Il mit la voiture en marche, faillit déraper sur la glace vive au premier tournant qu'il prit trop court. Il fut plus prudent ensuite, franchit le pont, s'arrêta devant la poste, où il n'y avait que des prospectus dans sa boîte, mais où deux femmes, deux mères d'élèves qu'il saluait, le regardèrent avec surprise. Elles ne devaient pas être de celles qui avaient téléphoné et s'étonnaient sans doute de le rencontrer en ville à l'heure des classes.

Devant chez lui, dans l'allée, il reconnut la voiture de la police d'Etat et il trouva le lieutenant Averell dans le living-room en compagnie de Christine. Celle-ci lui jeta un coup d'œil interrogateur.

— Le principal pense qu'il est préférable que je ne me montre pas à l'école pendant quelques jours.

Il souriait presque légèrement.

— Il a raison. Cela surexcite les élèves.

— Comme vous le voyez, dit Averell, je me suis permis de venir bavarder avec votre femme. Je désirais, avant l'arrivée de Mrs Sherman, qui est attendue cet après-midi, obtenir quelques renseignements à son sujet. Par la même occasion, j'essaie de me faire une idée plus précise de sa fille.

— Je vais dans mon bureau, dit Ashby.

— Pas du tout. Vous n'êtes pas de trop. J'avoue que j'ai été surpris de ne pas vous trouver ici, car je m'attendais à ce qui s'est passé à *Crestview*. Je suppose que vous avez lu les journaux ?

— J'y ai jeté un coup d'œil.

— Comme toujours, il y a du vrai et du faux dans ce qu'ils publient. *Grosso modo*, cependant, le tableau qu'ils brossent de la situation est à peu près exact.

Christine lui adressait des signes qu'il ne comprit que longtemps plus tard et il proposa alors :

— Vous accepterez peut-être un verre de scotch ?

Elle avait raison. Averell n'hésita pas, car, de son côté, il cherchait à rendre sa visite aussi peu professionnelle que possible.

— Savez-vous que la première chose qui m'a frappé, quand on m'a raconté l'affaire au téléphone, cela a été justement la question du whisky ? L'attentat aurait eu lieu sur la grand-route, et la victime aurait été une fille comme on en rencontre dans les auberges, que le cas aurait été différent. Mais dans cette maison...

Spencer retenait de cette confidence que le lieutenant connaissait dès la veille au matin le détail de l'alcool bu par Belle. C'était donc tout de suite que Wilburn avait senti l'odeur de whisky, peut-être aperçu la bouteille derrière le fauteuil, bien avant qu'on montrât le cadavre à Ashby.

Cela aussi avait un sens. Le docteur, en effet, avait déjà dû écarter l'hypothèse d'un rôdeur ou d'un récidiviste. Et le docteur l'avait soupçonné.

Y avait-il dans son comportement à lui, Spencer Ashby, quelque chose qui fût susceptible d'étayer des soupçons ? Pour poser la question autrement, d'une façon brutale, *présentait-il des symptômes ?*

Il n'avait jamais étudié la question des crimes sexuels. Ce qu'il en savait, comme tout le monde, c'était par les journaux et les magazines.

On venait de révéler qu'il y avait dans la région deux maniaques au moins, pas dangereux, puisqu'ils n'étaient pas sous les verrous, qu'on se contentait de surveiller. Il supposait que c'étaient des exhibitionnistes. Il essayerait de connaître leurs noms, de les observer.

Mais ce qui l'intéressait, c'était le type qui tue.

Il se comprenait. Ils avaient tous l'air de dire que, si cela avait été un habitué, ou un passant, un rôdeur, une brute quelconque, l'affaire aurait été simple.

Ce qui les intriguait, c'étaient certains détails qu'Ashby ne découvrait qu'au fur et à mesure, quelques-uns qu'il ne faisait encore que deviner.

D'abord Belle avait bu du whisky, volontairement. Elle en avait bu une quantité suffisante pour laisser supposer que ce n'était pas sa première expérience. Etait-ce bien cela ?

Elle n'était pas allée au cinéma. Elle ne s'était pas fait reconduire par un jeune homme à qui elle aurait dit gentiment bonne nuit à la porte. Quand elle était descendue dans le cagibi d'Ashby, elle avait laissé quelqu'un dehors, quelqu'un à qui, un peu plus tard, elle était allée donner sa clef.

Cela aussi avait un sens. Elle n'était pas la jeune fille qu'on imaginait, mais quelqu'un qui donnait rendez-vous à un homme dans sa chambre.

Cette découverte, disait le journal, *confirmait* les soupçons que le docteur avait eus *en examinant le corps*. On voulait indiquer qu'elle était déjà femme, non ? On insinuait, en outre, qu'il n'y avait pas eu besoin de *recourir à la violence*.

Tout cela, il en était sûr, Wilburn le savait depuis le début. Or Wilburn n'avait pas écarté *a priori* la possibilité qu'il fût l'assassin.

C'est ce qui le troublait. Wilburn le connaissait depuis plus de dix ans, l'avait soigné maintes fois, avait joué au bridge avec lui, était depuis toujours l'ami de Christine et de sa famille. C'était un homme d'une intelligence aiguë et son expérience, tant professionnelle qu'humaine, dépassait de loin celle d'un médecin de campagne ou de petite ville.

Or Wilburn n'avait pas jugé impossible qu'Ashby fût l'homme qui avait passé une partie de la nuit dans la chambre de Belle et qui l'avait étranglée.

Il essayait de vider l'abcès, tout seul. Depuis la veille, il s'y obstinait sans résultat. Ce n'était pas tout. Il y avait encore le sourire du docteur. Non seulement le sourire du matin, mais celui de la visite médicale, à deux heures, alors qu'Ashby était tout nu devant lui, fournissant en somme la preuve de son innocence.

A ce moment-là encore, Wilburn lui souriait *comme à quelqu'un qui a compris*, comme à quelqu'un qui est susceptible de comprendre, autrement dit comme à quelqu'un *qui aurait pu*.

C'était tout. Peut-être pas tout, mais c'était le principal, le plus obsédant. Au point qu'en voyant Averell assis chez lui, un *high-ball* à la main, avec son visage d'honnête homme, son regard franc et sérieux, il était tenté de l'emmener dans son cagibi pour lui poser carrément la question :

« Existe-t-il quoi que ce soit dans mon physique ou dans mon comportement indiquant une tendance à commettre un acte de ce genre ? »

Le respect humain le retenait, et aussi la peur de se faire soupçonner à nouveau, malgré les preuves. Etaient-ce vraiment des preuves ? Il y avait bien le sang sous les ongles et le fait que Wilburn l'avait examiné sans découvrir la moindre égratignure. Mais à part cela ? L'homme qu'on avait aperçu à la porte, dans l'obscurité, et à qui Belle avait passé un objet ? Rien ne prouvait que Belle avait passé un objet ? Rien ne prouvait que l'objet était une clef. Personne d'autre que Mrs Katz n'avait vu cette scène. Pourquoi Sheila

Katz n'aurait-elle pas fait cette déclaration dans le but d'écarter d'Ashby les soupçons de la police ? Pas nécessairement par pitié. Il avait souvent pensé que, de sa fenêtre, elle suivait ses allées et venues avec intérêt, et c'était la raison principale pour laquelle il n'avait jamais parlé des Katz à Christine.

Averell disait :

— Nous avons demandé au F.B.I. d'enquêter en Virginie, car la police locale, là-bas, n'a guère pu nous fournir de renseignements. Le seul détail que nous ayons obtenu est que miss Sherman a été arrêtée il y a quelques mois pour avoir conduit en état d'ivresse à deux heures du matin.

— La voiture de Lorraine ? questionna Christine en ouvrant de grands yeux presque comiques.

— Non. L'auto d'un homme marié, qui l'accompagnait. C'est parce qu'il est très connu dans la région que l'affaire n'est pas allée en cour.

— Lorraine le sait ?

— Certainement. Je ne serais pas surpris d'apprendre qu'elle a eu d'autres désagréments avec sa fille. Nous attendons également des renseignements des écoles par lesquelles celle-ci a passé.

— Et je ne me suis aperçue de rien ! Ni aucune de mes amies ! Car je l'ai présentée à la plupart de mes amies, surtout à celles qui ont des filles...

Pauvre Christine, qui s'effrayait des responsabilités qu'elle avait prises de la sorte et des reproches qu'elle allait encourir !

— Elle se maquillait à peine, se préoccupait si peu du soin de sa toilette que j'étais obligée de lui dire d'être plus coquette.

Averell souriait légèrement.

— Sa mère est une personne normale ?

— C'est la meilleure fille de la terre. Un peu

bruyante, un peu brutale, un peu garçon, mais tellement franche et bonne !

— Vous ne voudriez pas, Mrs Ashby, m'établir la liste des familles dans lesquelles vous avez introduit miss Sherman ?

— Je peux le faire tout de suite. Il n'y en a guère plus d'une dizaine. Dois-je noter aussi celles où il n'y a pas d'homme ?

Au fond, elle n'était pas si naïve que ça.

— Ce n'est pas nécessaire.

Pendant qu'elle allait s'asseoir à son secrétaire, dans le coin près de la cheminée, Averell se tournait vers Ashby et constatait, sans y mettre d'intention :

— Vous ne paraissez pas avoir beaucoup dormi, la nuit dernière.

Celui-là ne lui tendait pas de piège.

— C'est vrai. Je n'ai pour ainsi dire pas dormi, sinon pour tomber dans des cauchemars.

— Je me trompe peut-être, mais je parierais que vous avez fort peu fréquenté les jeunes filles.

— Je ne les ai pas fréquentées du tout. Le hasard a voulu que les écoles où je suis allé ne soient pas des écoles mixtes. Or, quand j'ai quitté les bancs des élèves, cela a été pour m'asseoir dans une chaire de professeur.

— J'ai beaucoup aimé votre cagibi, comme vous dites. Cela vous ennuierait que j'y jette un nouveau coup d'œil ?

Allait-il se tourner contre lui, comme les autres ? Ashby ne le crut pas. Il fut tout heureux de lui faire les honneurs de son coin.

Averell, qui avait son verre à la main, referma la porte derrière lui.

— C'est vous qui avez apporté ce fauteuil dans la maison, n'est-ce pas ?

— Comment l'avez-vous deviné ?

Le lieutenant avait l'air de dire que c'était facile. Ashby comprenait sa pensée.

— C'est la seule pièce que j'ai conservée de l'héritage de mon père.

— Il y a longtemps que votre père est mort ?

— Environ vingt ans.

— De quoi, si l'on peut vous poser la question ?

Ashby hésita, regarda autour de lui comme pour demander conseil aux objets familiers qui l'entouraient, leva enfin la tête vers Averell.

— Il a préféré s'en aller.

C'était drôle de s'entendre dire cela, d'ajouter en hochant la tête :

— Voyez-vous, il appartenait à ce qu'on appelle une excellente famille. Il avait épousé une jeune fille d'une meilleure famille encore. En tout cas, ils le disaient. La conduite de mon père n'a pas été ce qu'on attendait de lui.

Il désigna négligemment la bouteille qu'il avait redescendue.

— Surtout ça. Quand il a eu l'impression qu'il risquait de descendre trop bas...

Il se tut. L'autre avait compris.

— Votre mère vit toujours ?

— Je ne sais pas. Je le suppose.

Si c'était intentionnel, c'était d'une délicatesse infinie : d'un geste en apparence machinal, Averell tapotait le bras du vieux fauteuil de cuir comme il l'aurait fait d'un être vivant.

5

Il était trois heures et demie et le jour baissait dans le living-room où l'on n'avait pas encore allumé les lampes. Il n'y avait pas de lumière dans le couloir non plus, ni nulle part, dans la maison, sauf dans la chambre à coucher, d'où venaient une lueur rose et les bruits familiers de Christine s'habillant pour sortir.

On attendait Lorraine par le train de New York, qui arrivait à quatre heures vingt, et la gare était distante d'environ deux milles. Christine irait seule. Spencer, les yeux mi-clos, était assis devant la cheminée où une bûche achevait de se consumer et, de loin en loin, il tirait une bouffée de sa pipe.

On voyait, dehors, la nuit d'hiver tomber lentement sur le paysage, et les rares lumières devenaient plus brillantes de minute en minute.

Christine, probablement assise au bord du lit, venait de retirer ses pantoufles pour mettre ses souliers quand deux feux plus blancs et plus aveuglants que les autres, et qui se mouvaient rapidement, eurent l'air d'entrer dans la maison, illuminèrent un instant une partie du plafond avant d'aller s'arrêter comme des bêtes devant la maison des Katz. Ashby avait reconnu la voiture de Mr Katz dont le chauffeur ouvrait et refermait déjà les portières. Plus souple que les autres, elle ne faisait pas le même bruit, avait comme des mouvements différents.

Mr Katz rentrait peut-être seulement pour quelques heures, peut-être pour plusieurs jours, on ne savait jamais, et Spencer leva les yeux vers les fenêtres pour voir si Sheila l'avait entendu venir et si elle s'était dérangée.

N'était-ce pas curieux, alors qu'ils étaient voisins, d'avoir appris son prénom par le journal ? A présent qu'il le connaissait, elle lui paraissait encore plus exotique et il aimait l'imaginer venant d'une de ces vieilles familles juives installées au bord du Bosphore, à Péra.

Il somnolait, sans aucun effort pour tenir son esprit alerte. Les phares de la limousine s'étaient à peine éteints, comme deux grands chiens que l'on calme, qu'un autre véhicule, plus bruyant, gravissait la côte, une camionnette, cette fois, portant le nom et l'adresse d'un serrurier de New York.

Trois hommes en descendaient à qui Katz, tout petit et tout rond dans son pardessus fourré, et qui agitait ses bras courts sur le seuil, expliquait ce qu'il attendait d'eux.

Il avait dû, à New York, entendre parler du meurtre de Belle, et il était accouru avec des spécialistes pour installer des serrures perfectionnées, peut-être un système d'alarme dans sa maison ?

— Je ne suis pas en retard ? questionnait Christine, s'affairant dans la chambre.

Juste comme il allait répondre, on heurta la porte, on la secoua. Il se précipita, l'ouvrit, étonné, se trouva en présence d'une femme qu'il ne connaissait pas, aussi grande et aussi forte que lui, avec des traits d'homme, lui sembla-t-il, et qui, sur un tailleur de tweed de couleur rouille, portait un manteau de chat sauvage.

Il ne remarqua pas tous les détails à la fois, parce que cela se passait trop vite, mais il était frappé par son agitation, son autorité et l'odeur de whisky qu'elle dégageait.

— J'espère que Christine est ici ?

En refermant la porte, seulement, il aperçut, derrière la camionnette du serrurier, la carrosserie jaune d'un taxi de New York qui faisait étrange figure dans la neige de leur allée.

— Voulez-vous payer le chauffeur, s'il vous plaît ? Nous sommes convenus du prix au départ de l'aérodrome. Inutile qu'il vous charge davantage. C'est vingt dollars.

Dans la chambre, Christine, qui avait reconnu la voix, s'écriait :

— Lorraine !

Celle-ci n'avait qu'une petite valise avec elle, que Spencer apporta dans la maison après avoir payé le chauffeur.

— C'est vrai ce qu'elle raconte de sa fille ? avait questionné l'homme.

— Elle a été tuée, oui.

— Dans cette maison ?

Il pencha la tête pour regarder avec attention, comme les gens regardent dans un musée, avec l'idée qu'ils raconteront plus tard ce qu'ils ont vu. Les deux femmes parlaient très fort, en se regardant avec l'envie d'éclater en sanglots, mais elles se contentaient de renifler et ne pleuraient, en réalité, ni l'une ni l'autre.

— C'est ici ? demandait Lorraine, un peu comme le chauffeur l'avait fait.

Il était bien obligé de la plaindre, n'en était pas moins déçu. Si elle n'était pas plus âgée que Christine, elle le paraissait. Ses cheveux étaient gris, mal peignés, et un duvet incolore lui couvrait les joues, plus raide vers le menton. On ne pouvait pas penser qu'elle eût jamais été une jeune fille. Cela paraissait encore plus improbable qu'elle fût la mère de Belle.

— Tu ne veux pas commencer par te rafraîchir ?

— Non. Avant tout, j'ai besoin de boire quelque chose.

Sa voix était rauque. C'était peut-être sa voix normale. Deux ou trois fois, son regard s'était posé sur Spencer, mais elle n'avait pas paru le remarquer davantage que les murs de la pièce. Elle savait pourtant qui il était.

— C'est loin, où on l'a transportée ?

— A cinq minutes d'ici.

— Il faut que j'y aille le plus tôt possible, car j'ai des dispositions à prendre.

— Qu'est-ce que tu vas faire ? Tu comptes l'emmener en Virginie ?

— Tu ne penses pas que je vais laisser enterrer ma fille toute seule ici ? Merci. Pas d'eau. J'ai besoin de quelque chose de fort.

Elle buvait de l'alcool pur, et ses yeux globuleux étaient pleins d'eau, sans qu'on pût savoir si c'était le chagrin ou tout ce qu'elle avait bu avant de venir. Il lui en voulait un peu, parce qu'il aurait aimé que la mère de Belle fût autrement.

En déposant son sac à main sur la table, elle y avait aussi laissé des journaux qu'elle avait dû acheter en route, entre autres un journal de Danbury, où elle était passée une heure plus tôt. Le journal parlait de Belle, il le vit d'après les gros titres, mais il n'osa pas le prendre.

— Tu ne crois pas que cela te détendrait de prendre un bain ? Quelle traversée as-tu eue ?

— Bonne. Je suppose. Je ne sais pas.

L'étiquette de la compagnie aérienne était encore collée sur le cuir de sa valise, où on voyait les marques à la craie de la douane.

Christine s'efforçait de l'emmener. Lorraine résistait, faisait la sourde, et il finit par comprendre que c'était à cause de la bouteille qu'elle ne voulait pas abandonner. Quand il lui eut rempli à nouveau son verre, elle s'éloigna sans difficulté, en l'emportant, vers la chambre où elles s'enfermèrent toutes les deux.

Etait-ce exprès qu'elle ne lui avait pas adressé la parole, sinon comme à un domestique, impersonnellement, pour lui dire de payer le taxi ? Maintenant, de la salle de bains, parvenaient des bruits de robinet, de chasse d'eau, la voix hommasse de Lorraine et celle plus claire et plus mate de Christine.

Mr Katz, là-haut, les mains derrière le dos, passait et repassait devant la large fenêtre panoramique, avec l'air d'adresser un discours à une personne invisible, vraisemblablement au sujet du travail auquel se livraient les ouvriers. A cause de la mort de Belle, ils étaient en train d'entourer Sheila, comme un objet précieux, d'un réseau mystérieux de fils protecteurs et, au fond, cela impressionnait Ashby. Katz était chauve, avec seulement quelques cheveux très noirs, bleutés, ramenés sur le sommet de sa tête. Il était extrêmement soigné et devait se parfumer.

Christine, qui sortait de la chambre, posait un doigt sur ses lèvres en se dirigeant vers le téléphone, composait un numéro, tandis que, de la salle de bains, venait un bruit de sanglot ou de quelqu'un qui vomissait. Du regard, elle lui fit comprendre qu'elle ne pouvait rien lui dire en ce moment, ni agir autrement. Il était sûr qu'elle était aussi surprise que lui, sinon déçue.

— Allô ! Le cabinet du coroner ? Je pourrais parler à Mr Ryan, s'il vous plaît ?

Tout bas, très vite, à son mari :

— C'est elle qui veut que je téléphone.

— Allô ! ici, Christine Ashby, miss Moeller. Est-il possible que je dise quelques mots à Mr Ryan ?... J'attends, oui...

Bas, à nouveau :

— Elle veut repartir tout de suite.

— Quand ?

Elle n'eut pas le temps de lui répondre.

— Mr Ryan ? Excusez-moi de vous déranger. J'attendais mon amie Lorraine cet après-midi par le train, comme je vous l'avais annoncé. Elle vient de me faire la surprise d'arriver directement en taxi de l'aéroport international. Oui. Elle est ici. Nous n'avons pas encore eu le temps d'y passer, non. Vous dites ? Je ne sais pas. Il est évident que la maison est à sa disposition et que, si vous désirez venir l'interroger ici même... Comment ?... Un instant. Je le lui demande. Nous ne pourrons de toute façon pas être là-bas avant une bonne heure, mettons une heure et demie...

Elle eut un sourire d'excuse à l'adresse de son mari, qui n'avait pas bougé et tirait toujours de petits coups sur sa pipe. Dans la chambre, elle parlait à Lorraine, revenait.

— Allô ! C'est entendu. Elle aime autant aller vous voir à Litchfield. Je lui servirai de chauffeur. A tout à l'heure.

Lorraine, en jupe de tailleur, mais sans corsage, sa combinaison rose moulant un torse de lutteur, se montrait dans le couloir pour demander d'une voix un peu hébétée :

— Qu'est-ce qu'on a fait de mon sac ?

— Ton sac à main ?

— Mon sac de toilette, bien sûr !

Ashby pensait à Belle, qui lui devenait à la fois plus proche et plus lointaine. Elle ne ressemblait à sa mère ni physiquement ni comme caractère. Mais il connaissait à présent un être avec qui elle avait vécu et cela la rendait plus vivante à ses yeux. Plus petite fille aussi.

Peut-être était-ce cela, au fond, qui le gênait si fort depuis qu'on l'avait trouvée morte ? Tout ce qu'on disait d'elle était d'une femme, fatalement, étant donné ce qui était arrivé et les découvertes faites par la suite. Or elle n'était en réalité qu'une gamine. C'est pourquoi, avant, il n'y avait pas fait attention. Sexuellement, pour lui, elle avait été neutre. Il n'avait jamais pensé qu'elle pouvait avoir des seins. Et puis, tout à coup, il l'avait vue, sur le plancher...

— Nous sommes obligées de te laisser, Spencer.

— Je comprends. A tout à l'heure.

— J'espère que ce ne sera pas long. Lorraine est brave, mais je suis sûre qu'elle est épuisée.

Lorraine regardait la bouteille avec de gros yeux troubles, et Christine hésitait sur le parti à prendre. Si elle ne lui donnait pas à boire maintenant, son amie insisterait pour qu'on s'arrête à un bar qu'elle ne manquerait pas d'apercevoir, illuminé, au bord de la route, un peu avant d'arriver à Litchfield. Ne valait-il pas mieux la satisfaire tout de suite, au risque qu'elle paraisse bizarre à

Ryan ? Les gens en seraient quittes pour mettre son état sur le compte de l'émotion.

— Juste un verre et nous partons.

— Tu n'en prends pas, toi ?

— Pas maintenant, merci.

— Je n'aime pas la façon dont ton mari me regarde. D'ailleurs, je n'aime pas les hommes.

— Viens, Lorraine.

Elle l'aida à endosser sa fourrure, l'entraîna vers la voiture.

Ashby resta un moment sans bouger, puis, comme sa pipe était finie, il la vida dans la cheminée, profita de ce qu'il s'était dérangé pour aller prendre un des journaux que Lorraine avait apportés. Ils étaient un peu froissés, avec, par place, des frottis d'encre. Les renseignements provenaient de la même source que ceux publiés par les feuilles du matin, mais, sur certains points, ils étaient plus complets, plus incomplets sur d'autres, et il paraissait y avoir quelques nouvelles de dernière heure.

Ce qui le frappa, c'est que, au sujet des deux hommes interrogés la veille, ceux qui avaient été considérés comme suspects au premier chef parce qu'ils avaient des antécédents, on publiait, sinon le nom en entier, du moins le prénom et des initiales qui lui permettaient de les reconnaître.

La police a longuement interrogé un certain Irving F... qui a pu établir sans contestation possible son emploi du temps. Il y a dix-huit ans maintenant que F... a purgé deux ans de prison pour attentat à la pudeur et, depuis, sa conduite n'a jamais donné prise au moindre reproche.

... Il en est de même d'un autre personnage, Paul D..., qui, volontairement, à la suite d'une offense

du même genre, a fait un séjour assez long dans
une maison de santé et qui, depuis, n'a plus donné
lieu à...

Irving F... C'était le père Fincher, comme on
l'appelait, un vieil immigrant allemand qui parlait
encore avec un fort accent et qui était jardinier
dans la propriété d'un banquier new-yorkais. Il
avait au moins sept ou huit enfants, des petits-
enfants aussi, qui vivaient avec la famille, et, l'été,
Ashby le voyait presque chaque jour, car la maison du jardinier se dressait près de la grille, sur le
chemin de l'école. Sa femme était petite, énorme
du bas, avec un chignon gris et dur sur le sommet
de la tête.

Quant à l'autre, s'il ne se trompait pas, c'était
presque un ami, quelqu'un qu'il rencontrait dans
des réunions mondaines et avec qui il jouait au
bridge à l'occasion. C'était un nommé Dandridge,
un agent immobilier, un homme beaucoup plus
cultivé qu'on ne s'y serait attendu dans sa profes-
sion, et Ashby se souvenait qu'en effet, jadis, il
avait fait un séjour dans ce qu'on avait appelé un
sanatorium. Comme on n'avait pas précisé, il avait
cru que Dandridge avait des ennuis avec ses
poumons.

Il était marié aussi. Sa femme était jolie, effa-
cée, timide, avec ce que Christine aurait appelé un
visage intéressant. C'était une de ces femmes, cela
le frappait tout à coup, dont on ne peut pas dire
quel genre de corps elles ont sous leurs vêtements.
Il n'y avait jamais pensé, mais il se rendait soudain
compte qu'il y en avait beaucoup comme ça parmi
leurs relations.

Christine, elle, possédait ce qu'on appelle des
formes, et même des formes opulentes, et pour-

tant elle ne donnait aucune impression de féminité. Tout au moins dans le sens qu'il avait maintenant en tête. Et ce n'était pas à cause de son âge. Quand il l'avait rencontrée, elle avait environ vingt-six ans — ils s'étaient connus longtemps avant qu'il fût question de mariage entre eux, à l'époque où on ne parlait pas encore du cancer de Mrs Vaughan. Il avait vu dans l'album des photographies d'elle à vingt ans, à seize ans, y compris des photographies en costume de bain. Il n'avait pas à se plaindre, puisqu'il n'avait rien cherché d'autre, mais elle avait toujours eu, à ses yeux, une chair de sœur ou de mère. Il se comprenait.

Belle, pas. Il n'y avait pas pris garde quand elle vivait, mais il savait maintenant que ce n'était pas son cas. Ni celui de Sheila Katz. Encore moins celui de la secrétaire de Bill Ryan, miss Moeller, dont il ignorait le prénom et qui, elle, était tellement femelle qu'on rougissait rien que de regarder ses jambes.

Quand la sonnerie résonna, il fixa un bon moment le téléphone sans répondre, se décida à regret, confit qu'il était dans sa chaleur et dans sa propre intimité.

— Allô ! oui.

— Spencer ?

C'était Christine.

— Nous sommes à Litchfield, chez le coroner... Plus exactement, j'ai laissé Lorraine dans son bureau. Quand j'ai proposé de sortir, Ryan n'a pas protesté, au contraire, m'a-t-il semblé. Je te téléphone de la cabine d'un *drugstore*. Comme Lorraine en a pour un moment, je vais en profiter pour acheter de quoi dîner. Je t'appelle pour te rassurer. Comment es-tu ?

— Bien.

— Personne n'est venu te déranger ?

— Non.

— Tu es dans ton cagibi ?

— Non. Je n'ai pas bougé.

Pourquoi s'inquiéter de lui ? C'était gentil de lui téléphoner, mais elle mettait trop d'insistance à lui demander ce qu'il faisait.

— Je me demande comment nous allons nous arranger pour cette nuit. Crois-tu que nous puissions décemment la faire dormir dans la chambre où c'est arrivé à Belle ?

— Elle n'aura qu'à dormir avec toi.

— Cela ne t'impressionnera pas de... ?

Pourquoi parler de tout cela ? Surtout que ces préparatifs, comme toujours, allaient se révéler inutiles. Ils ne le savaient pas encore. Christine aurait dû mieux connaître Lorraine et savoir que ce n'était pas le genre de personne pour laquelle on prend des décisions.

— Comment est Ryan ?

— Affairé. Plusieurs personnes attendent dans son bureau. Je ne les ai pas dévisagées, mais j'ai eu l'impression que ce sont des gens de chez nous, surtout des garçons.

— Tu ferais mieux de raccrocher, car on sonne à la porte.

— A tout à l'heure. Sois calme.

C'était Mr Holloway qui, la porte ouverte, se pencha pour saluer Ashby, tout poli, tout confus, avec l'air de vouloir se faire aussi petit que possible pour moins déranger.

— C'est Lorraine Sherman que vous êtes venu voir ?

— Non. Je sais qu'elle est arrivée et qu'elle se trouve présentement à Litchfield.

Son œil repéra les deux verres de whisky, celui

d'Ashby, encore à moitié plein d'un liquide clair, et celui de Lorraine, où il restait des traces plus sombres d'alcool pur. Il eut l'air de comprendre, aperçut aussi le journal de Danbury.

— Compte rendu intéressant ?

— Je n'ai pas fini l'article.

— Vous pouvez continuer. Je ne suis pas ici pour vous déranger. Je vous demande seulement la permission de passer un moment dans la chambre que miss Sherman occupait. Peut-être m'arrivera-t-il d'aller et venir dans la maison, si vous n'y voyez pas d'inconvénient. Tout ce que je voudrais, c'est que vous ne fassiez pas attention à moi.

Sa femme et lui devaient former un couple de petits vieux paisibles et attendrissants, et c'était elle, sûrement, qui lui tricotait ses gants et ses chaussettes de laine, ainsi que les écharpes. Peut-être était-ce elle aussi, le matin, qui lui nouait sa cravate ?

— Vous ne désirez pas prendre un verre ?

— Pas maintenant. Si l'envie m'en vient plus tard, je vous promets de vous le dire.

Il connaissait le chemin. Par discrétion, Ashby ne quitta pas son fauteuil, où il reprit la lecture du journal sans trop savoir où il l'avait laissée.

La police a espéré un moment tenir une piste sérieuse. C'est quand le barman du Little Cottage, *un night-club sur la route de Hartford, est venu déposer que, la nuit du crime, un peu avant minuit, un couple s'est arrêté à son établissement dans des circonstances qui, par la suite, lui ont paru suspectes.*

La femme, très jeune, n'était pas sans ressembler à Belle Sherman. Elle était émue, peut-être malade ou ivre, et son compagnon, âgé d'une trentaine d'années, lui parlait à voix basse, mais avec insistance, comme pour la commander.

« Elle secouait la tête pour dire qu'elle ne voulait pas (a dit textuellement le barman) et elle avait l'air si effrayé ou si las que j'ai été sur le point d'y mettre de l'ordre, car je n'aime pas qu'on s'adresse aux femmes sur un certain ton, même à minuit sur le bord de la route, et même si elles ont un verre dans le nez. »

Question : *Vous voulez dire qu'elle était ivre ?*

Réponse : *J'ai eu l'impression qu'il ne lui faudrait pas deux verres de plus pour être groggy.*

Question : *Elle n'a rien consommé dans votre établissement ?*

Réponse : *Ils se sont installés au bar, et je me souviens qu'en marchant il la tenait par les épaules comme pour la supporter. C'était peut-être aussi pour l'empêcher de s'éloigner de lui. Il voulait commander de la bière. Elle lui a parlé bas. Ils ont discuté. Moi, j'ai l'habitude et j'ai regardé ailleurs jusqu'à ce qu'ils me rappellent pour réclamer des cocktails.*

Question : *Elle a bu le sien ?*

Réponse : *Elle l'a renversé en le portant à ses lèvres et elle n'a même pas essuyé sa robe. L'homme lui a passé son mouchoir, qu'elle a refusé. Elle lui a pris ensuite son verre des mains et l'a bu. Il était exaspéré. Il regardait l'heure, se penchait sur elle, et je suppose qu'il insistait pour l'emmener tout de suite...*

Ashby leva les yeux. Le petit Mr Holloway était debout dans le corridor, à regarder autour de lui un peu comme on examine une maison qu'on vient de louer en se demandant où on placera les meubles. Il ne s'occupait pas de Spencer. On le sentait très loin. Il marcha jusqu'à la porte du cagibi, l'ouvrit, puis, sans entrer, hocha la tête et se dirigea vers l'entrée principale. Il paraissait si peu voir devant lui qu'Ashby retira ses jambes pour le laisser passer, et il dit poliment, sans fournir d'explications :

— Merci.

Ashby dut sauter ensuite un certain nombre de lignes.

... la voiture portant une plaque d'immatriculation de New York, la police allait se lancer dans cette nouvelle voie quand le barman, mis en présence des vêtements portés ce soir-là par Belle Sherman, déclara catégoriquement que ce n'étaient pas ceux de sa cliente. La jeune fille du Little Cottage, *en effet, portait un manteau de laine claire orné de fourrure au cou et aux poignets et, dessous, une robe de soie noire ou bleu marine assez froissée.*

Renseignements pris, la victime ne possédait pas de manteau de ce genre et on ne voit pas comment elle aurait pu s'en procurer un pour la nuit.

Le barman a ajouté que, lorsque le couple est sorti, un consommateur a remarqué :

— Pauvre gosse ! J'espère que ce n'est pas sa première fois !

Pourquoi relut-il ce passage-là, tout le passage concernant le *Little Cottage*, alors que ce n'était que du remplissage, que cela n'apportait aucun élément nouveau ? Pour la police, en tout cas. Mais pour lui ? Cela n'ajoutait-il pas de la vie à l'image qu'il était en train de se composer de Belle ? Que ce fût elle ou non la fille qui avait bu un cocktail au night-club, il y avait entre les deux femmes des traits communs et elles participaient toutes les deux à un genre de vie dont il n'avait qu'une idée théorique.

C'était curieux, d'ailleurs, que le journal eût publié le dialogue, comme s'il savait que, pour un grand nombre de ses lecteurs, ce serait une révélation. Rien que des phrases banales, mais des phrases qui avaient certainement été prononcées. Pour quelqu'un qui n'avait jamais mis les pieds dans un night-club, cela donnait la sensation d'y être. C'était le cas d'Ashby. Ce récit, pour lui, avait une chaleur humaine, et même comme une odeur, une odeur de femme. Cela le faisait penser à la poudre qu'on les voit tirer de leur sac, au bout de langue dont elles l'effacent sur leurs lèvres, au bâton qu'elles écrasent, tout rouge, tout gras.

Conduit devant le corps, le barman avait encore affirmé :

« Elle n'était pas si jeune. »

Mais cette déclaration-là pouvait lui avoir été dictée par la prudence, car, s'il admettait avoir servi de l'alcool à une jeune fille non majeure, il risquait sa licence.

Il existe des quantités de bars de ce genre-là le long des grand-routes, surtout à proximité des villes, entre Providence et Boston, par exemple, et — il se souvenait d'un voyage avec Christine — sur la route de Cape Cod. Les enseignes sont bien faites pour attirer l'œil, toujours au néon, en bleu ou rouge, plus rarement en violet. Le *Miramar*, le *Gotham*, l'*El Charro*, ou simplement un prénom : *Nick's, Mario's, Louie's*... En lettres plus petites, d'une autre couleur, une marque de bière ou de whisky. Et toujours, à l'intérieur, une lumière douce, de la musique en sourdine, des boiseries sombres et, parfois, dans un coin au-dessus du comptoir, un écran argenté de télévision.

Pourquoi, par quel enchaînement d'idées cela le faisait-il penser aux autos qu'on voit la nuit arrêtées au bord du chemin et où on aperçoit en passant deux visages blêmes, bouche à bouche ?

— J'accepterais volontiers un verre avec vous, à présent, Mr Ashby. Vous permettez ?

Il s'asseyait, remettait ses lunettes dans son étui, l'étui dans sa poche.

— Je suppose que vous êtes plus anxieux que quiconque de nous voir mettre la main sur le coupable. Je crains bien que vous ayez à attendre longtemps. D'autres, qui s'occupent de l'affaire aussi, sont peut-être d'une opinion différente... A votre santé ! Pour ma part, je vous le dis franchement, plus je vais et moins j'ai d'espoir.

» Savez-vous, à mon avis, ce qui arrivera ? Ce qui arrive dans la plupart de ces affaires-là. Car on dirait parfois qu'il existe des règles que personne ne connaît, mais que les événements suivent scrupuleusement.

» Dans cinq ans, ou dans dix ans, peu importe, une jeune fille sera trouvée morte dans des circonstances semblables à celles qui se présentent ici, à la différence près que l'assassin, moins chanceux, aura laissé un indice. Et c'est alors que, par comparaison, par déduction, on constatera qu'on tient l'homme qui a tué Belle Sherman.

— Vous croyez qu'il recommencera ?

— Tôt ou tard. Quand des circonstances identiques se représenteront.

— Et si elles ne se représentent pas ?

— Il les provoquera. Ce ne sera pas nécessaire, hélas ! car ce ne sont pas les Belle Sherman qui manquent.

— Sa mère va rentrer d'un moment à l'autre, dit Ashby, un peu gêné.

— Je sais. Elle ne peut pas ignorer, elle non plus, le nom d'au moins dix amants de sa fille.

Un flot de sang, cette fois, lui monta au visage.

— Vous en êtes sûr ?

— Dès que le F.B.I. a été sur place, là-bas, en Virginie, les langues se sont déliées.

— Sa mère tolérait ?...

Mr Holloway avait-il des enfants ? Une fille ? Il parlait avec une curieuse indifférence, haussait les épaules :

— Elles vous répondent toutes qu'elles ne savaient pas, qu'elles ne pouvaient pas supposer...

— Vous croyez que ce n'est pas vrai ?

Ashby ne devait pas connaître ce soir-là l'opinion du chef de la police, car, à ce point précis de l'entretien, la porte s'ouvrit d'une poussée brutale. Lorraine Sherman entra la première, d'un tel élan qu'elle put à peine s'arrêter devant le petit Mr Holloway, qui s'était levé et qu'elle faillit renverser. Christine suivait, les bras chargés de paquets. Il y eut un moment de confusion. Ashby murmura :

— Mr Holloway, chef de la police du comté.

— J'ai déjà vu le coroner. Je suppose que cela suffit ?

Ce ne devait pas être une méchante femme, mais, aujourd'hui, elle faisait l'effet d'une machine sous pression, que rien n'est capable d'arrêter ou de mettre en marche arrière.

— Je n'ai pas l'intention d'importuner Mrs Sherman, se contentait de prononcer le détective. J'allais quand même me retirer.

Il s'inclinait devant chacune des dames, tendant la main à Ashby.

— Souvenez-vous de ce que je vous ai dit !

Il s'arrêta sur le seuil pour regarder les serruriers qui, à la lumière de grosses lampes, travaillaient à la porte des Katz. On aurait dit que ces précautions le faisaient sourire.

— Tu sais que Lorraine nous quitte ce soir ?

Par politesse, il s'exclama :

— Non !

— Si. Elle avait déjà cette idée-là en arrivant.

Christine déposait ses paquets sur la table de la cuisine, ouvrait le frigidaire, y rangeait de la charcuterie et de la crème glacée.

— Ryan l'a retenue près de trois quarts d'heure, et il paraît qu'il a parlé de Belle d'une façon indécente.

— Laisse tomber ça ! interrompit Lorraine d'une voix excédée, plus rauque que jamais. C'est un goujat. Ce sont tous des goujats. Parce qu'une pauvre gamine est morte...

Elle avait repéré la bouteille dès son entrée, et elle ne demandait plus rien à personne, se servait à boire sans se soucier que c'était dans le verre du chef de la police.

— Tous les hommes sont des cochons. Souviens-toi que je te disais déjà la même chose quand nous étions au collège. Il n'y a qu'une chose qui les intéresse et, quand ils l'ont, c'est eux qui vous reprochent de leur avoir cédé.

Elle laissa s'appesantir sur Ashby un regard réprobateur, comme s'il était personnellement responsable.

— Ce qu'ils appellent l'amour, c'est un besoin de salir, rien d'autre. Et crois-moi. Je sais ce que je dis. C'est comme si ça les purgeait de leurs péchés personnels et comme si ça les rendait plus propres.

Elle avala le whisky d'un trait, eut un haut-le-cœur et regarda Ashby pour le défier de sourire. Chose curieuse, elle restait digne, dressée comme une tour au milieu du living-room, pas ridicule en dépit de son ivresse, impressionnante même, à tel point que, dans la cuisine, Christine cessa de s'occuper de ses paquets pour la regarder.

— Tu te figures que je parle ainsi parce que je suis saoule ?

— Non, Lorraine.

— Remarque que tu peux croire ce que tu voudras. Tout à l'heure, je prendrai le train pour New York avec ma fille. Elle ne sera pas dans le même wagon que moi, puisqu'elle est morte. A New York, il faudra attendre le matin pour repartir et, quand nous arriverons dans notre ville, il y aura plein de curieux pour nous voir débarquer.

Elle parut réfléchir.

— Je me demande si son père y sera aussi.

Il y avait de la haine dans la façon dont elle avait prononcé ce mot-là.

— A quelle heure m'as-tu dit que mon train part ?

— A neuf heures vingt-trois. Tu as le temps de dîner et ensuite de te reposer une heure.

— Je n'ai pas besoin de me reposer. Je n'ai pas envie de me reposer.

Les sourcils froncés, elle fixait Ashby avec une soudaine attention.

— Au fait, qu'est-ce que je suis venue faire dans cette maison ?

— Pourquoi dis-tu ça, Lorraine ?

— Parce que je le pense. Je n'aime pas ton mari.

Il tenta de sourire poliment, chercha une contenance, se dirigea enfin vers la porte du cagibi.

— Je savais qu'il était faux. Je commence à peine à parler de lui qu'il s'en va.

Christine devait être dans ses petits souliers. Ce n'était pas le moment de déclencher une scène et de s'adresser mutuellement des reproches. Lorraine venait de perdre sa fille, on ne pouvait pas l'oublier. Elle avait fait un voyage long et pénible. Ryan, tel qu'on le connaissait, n'avait pas dû lui ménager les questions odieuses.

C'était dans leur maison, presque par leur faute, que Belle était morte.

La mère n'avait-elle pas le droit de boire et de lui dire n'importe quoi ?

Mais pour quelle raison ajoutait-elle, comme elle lui aurait lancé une pierre dans le dos, au moment où Spencer refermait la porte derrière lui :

— Ce sont ceux-là les pires !

DEUXIÈME PARTIE

1

Il se rendait compte que c'était déjà devenu une manie, et cela l'humiliait. Cela l'humiliait aussi de voir Christine jouer le jeu. Il était évident qu'elle avait compris. Leurs malices à tous les deux étaient cousues de fil blanc.

Pourquoi, quand elle s'en allait, pour faire son marché ou pour une autre raison, éprouvait-il le besoin de sortir de son cagibi comme un animal jaillit de son trou ? Cessait-il de se sentir en sécurité dès que la maison était vide autour de sa tanière ?

On aurait dit qu'il craignait d'être attaqué par surprise, sans voir venir le coup. Ce n'était pas vrai. Sa réaction était purement nerveuse. Il préférait néanmoins, lorsqu'il était seul, se tenir dans le living-room, d'où il dominait l'allée.

Il s'y était fait une place, devant le feu où il empilait les bûches chaque matin, de sorte qu'il semblait être devenu frileux.

Dès qu'il entendait monter l'auto, il s'approchait des vitres, en s'arrangeant pour ne pas se mettre en pleine vue, de façon à surprendre l'expression de Christine avant qu'elle ait eu le temps de se préparer. De son côté, elle n'ignorait pas qu'il la guettait, prenait un air trop naturel, trop indifférent, sortait de la voiture, montait les marches et, seulement une fois la porte ouverte, feignait de découvrir sa présence, demandait d'une voix enjouée :

— Il n'est venu personne ?

Le jeu avait ses règles, qu'ils s'ingéniaient l'un et l'autre à perfectionner chaque jour.

— Non. Personne.

— Pas de coups de téléphone ?

— Non plus.

Il était persuadé que, si elle parlait ainsi, c'était pour cacher sa gêne, pour meubler le silence qui l'oppressait. Avant, elle n'éprouvait pas le besoin de parler sans motif.

En homme qui ne sait où se mettre, il la suivait dans la cuisine, la regardait ranger ses achats dans le frigidaire, essayant toujours de découvrir un signe d'émotion sur son visage.

— Qui as-tu rencontré ? finissait-il par questionner en regardant ailleurs.

— Personne, ma foi.

— Comment ? A dix heures du matin, il n'y avait pas une âme chez l'épicier ?

— Je veux dire qu'il n'y avait personne en particulier. Je n'ai pas fait attention, si tu préfères.

— De sorte que tu n'as pas parlé ?

C'était à double tranchant. Elle en avait conscience. Il le savait aussi. C'est ce qui rendait la situation si délicate. Si elle admettait n'avoir parlé à âme qui vive, il en déduirait qu'elle avait honte, ou que les gens l'évitaient. Si elle avait parlé à quelqu'un, pourquoi ne le lui avouait-elle pas tout de suite et ne lui répétait-elle pas les paroles prononcées ?

— J'ai vu Lucile Rooney, par exemple. Son mari revient la semaine prochaine.

— Où est-il ?

— A Chicago, tu le sais bien. Il y a trois mois qu'il a été envoyé à Chicago par ses patrons.

— Elle n'a rien dit de spécial ?

— Seulement qu'elle est contente qu'il revienne et que, si cela se produit encore, elle l'accompagnera.

— Elle n'a pas parlé de moi ?

— Pas un mot.

— C'est tout ?

— J'ai aperçu Mrs Scarborough, mais je n'ai fait que la saluer de loin.

— Pourquoi ? Parce que c'est une mauvaise langue ?

— Mais non. Simplement parce qu'elle se trouvait à l'autre bout du magasin et que je n'avais pas envie de perdre mon tour à la boucherie.

Elle gardait tout son calme, ne laissait percer aucune impatience. C'en était arrivé au point qu'il lui en voulait de sa douceur aussi. Il espérait qu'elle finirait par se trahir, par s'exaspérer. Fallait-il croire qu'elle le considérait comme un malade ? Ou en savait-elle davantage qu'elle ne voulait laisser voir sur ce qui se tramait contre lui ?

Il n'était pas atteint de la manie de la persécution, ne se faisait pas d'idées extravagantes.

Il commençait à comprendre, simplement.

C'est le samedi matin qu'il avait commencé à douter d'elle. Elle revenait justement du marché. Le chemin était très glissant et, à cause de cela, il avait regardé par la fenêtre. Pour la première fois. Consciemment, en tout cas. Il avait pensé sortir afin de l'aider à porter les paquets. Or, comme elle refermait la portière de l'auto, et alors qu'elle ne l'avait pas encore vu, qu'elle ne savait donc pas qu'il était là, puisque c'était la première fois, son regard s'était arrêté sur un point de la maison, près de la porte, et il avait eu l'impression qu'elle recevait un choc, pâlissait, marquait un temps d'arrêt comme pour reprendre contenance.

En levant les yeux, elle l'avait aperçu et cela avait été trop rapide, comme automatique : un sourire était apparu sur ses lèvres qu'elle avait gardé tel quel une fois entrée dans la maison.

— Qu'est-ce que tu as vu ?

— Moi ?

— Oui, toi.

— Quand ?

— Il y a un moment, en regardant la façade.

— Qu'est-ce que j'aurais vu ?

— Quelqu'un t'a dit quelque chose ?

— Mais non. Pourquoi ? Que voudrais-tu qu'on me dise ?

— Tu as paru surprise, choquée.

— Peut-être par le froid, parce que j'avais fait marcher le chauffage dans la voiture et qu'en ouvrant la portière j'ai été saisie ?

Ce n'était pas vrai. Plus tôt, il avait vu une des bonnes des Katz qui regardait, elle aussi, un point précis de leur maison. Il n'y avait pas pris garde, s'était dit que la fille s'occupait d'un chat qui rôdait. Maintenant, cela le frappait.

Christine avait essayé de le retenir quand il était sorti, sans chapeau, sans manteau, sans même ses caoutchoucs aux pieds, et il avait failli glisser sur les marches.

Il avait vu. C'était sur la pierre d'angle, à droite de la porte, bien en évidence, un *M* énorme, tracé au goudron. Le pinceau avait bavé, faisant encore

112

plus laid, plus méchant, sinistre. *Murderer*, bien
sûr, comme sur l'affiche du film !

Les servantes d'en face l'avaient vu. Sheila Katz
avait dû le voir. Son mari était parti tout de suite
après avoir fait installer les nouvelles serrures et
le système d'alarme, et, chose curieuse, depuis
lors, Spencer ne l'avait pour ainsi dire plus aperçue. Plus de face. Plus près de la fenêtre. Parfois
un profil perdu, une silhouette qui s'effaçait dans
le fond de la pièce.

Katz lui avait-il interdit de regarder dehors ou
de se montrer ? Cela visait-il personnellement
Ashby ? Lui avait-il parlé de son voisin ?

La découverte du vieux Mr Holloway datait du
jour précédent, donc du vendredi. Il était encore
venu dans l'après-midi, comme en passant, et
s'était assis un bon moment dans le living-room,
où il avait davantage parlé du temps qu'il faisait
et d'un accident de chemin de fer qui avait eu lieu
la veille dans le Michigan que de l'affaire. A la fin,
il s'était levé en soupirant :

— Je crois que je vais encore vous demander la
permission d'aller passer quelques minutes dans
la chambre de miss Sherman. Cela tourne à la
manie, n'est-ce pas ? Il me semble toujours que je
vais découvrir un indice qui nous a échappé
jusqu'ici.

Il y était resté si longtemps, silencieux, probablement immobile, car on n'entendait aucun bruit,
qu'à la fin Ashby était retourné dans son cagibi.
Christine se tenait dans la cuisine, où elle repassait. Toutes les lampes de la maison étaient
allumées.

Depuis qu'il était revenu de l'école, il n'avait touché ni à son tour, ni à son banc de menuisier.
Avant, il rêvait d'avoir quelques journées de libres

pour entreprendre un travail de longue haleine et, maintenant qu'il n'avait rien à faire du matin au soir, il n'y pensait même pas. Toute son activité avait consisté à mettre de l'ordre dans les rayons et dans les tiroirs. Il avait aussi commencé à jeter des notes sur du papier, des noms, des bouts de phrases sans suite, des dessins schématiques que lui seul pouvait comprendre, si même il les comprenait vraiment.

Il y en avait déjà plusieurs feuilles. Quelques-unes avaient été déchirées, mais il avait recopié certaines notations.

Quand on frappa à la porte, il cria tout de suite d'entrer, car il savait que c'était Mr Holloway et il avait envie de le voir de nouveau, il avait déjà préparé deux verres : c'était une tradition qui commençait à se créer.

— Asseyez-vous. Je me demandais si vous étiez parti sans me dire bonsoir, ce qui m'aurait surpris.

Il servait le whisky, la glace, regardait le vieux policier sans savoir quand il devait s'arrêter de verser du soda dans son verre.

— Merci. C'est assez. Figurez-vous que, à ma propre surprise, je ne m'étais pas trompé.

Mr Holloway était installé, les jambes allongées, le verre à la main, dans le vieux fauteuil de cuir qui donnait la même impression de confort intime qu'une pantoufle usée.

— Dès le début, sans raison précise, quelque chose m'a chiffonné dans cette histoire. Je crois vous avoir dit alors que nous n'en connaîtrions probablement jamais le fin mot. Je ne suis pas beaucoup plus optimiste aujourd'hui, mais il y a au moins un détail que j'ai tiré au clair. J'aurais juré, voyez-vous, que la chambre avait encore des révélations à nous faire, si je puis ainsi m'exprimer.

Il tirait en soupirant un petit objet de la poche de son gilet et le posait sur la table devant Ashby, évitait de regarder celui-ci tout de suite, d'ajouter des commentaires, fixait son verre et buvait une lente gorgée de whisky.

L'objet, sur la table, était une des trois clefs de la maison.

Le petit policier murmurait enfin :

— Vous avez la vôtre, n'est-ce pas ? Votre femme a la sienne. Belle Sherman en avait une, et c'est donc celle-là que je viens de retrouver.

Ashby ne bronchait pas. Pour quelle raison aurait-il bronché ? Il n'avait rien à cacher, rien à craindre. Il était seulement gêné de l'insistance qu'Holloway mettait à ne pas le regarder en face et, à cause de cela, ne savait quelle contenance adopter.

La découverte de la clef accroissait-elle les soupçons qui pouvaient exister à cet égard ?

— Savez-vous où je l'ai trouvée ?

— Dans la chambre, vous me l'avez laissé entendre.

— Je croyais avoir cherché partout, lors de mes précédentes visites. Les spécialistes, de leur côté, ainsi que les hommes du lieutenant Averell, sont censés n'avoir laissé aucun coin inexploré. Or, tout à l'heure, assis au milieu de la pièce, je me suis trouvé à fixer un sac à main noir coincé entre des livres sur une étagère. Vous connaissez ce sac-ci ?

— Je le connais. Belle possédait deux sacs, celui que vous me montrez, en daim, qu'elle ne portait que quand elle s'habillait, et un sac en cuir dont elle se servait couramment.

— Eh bien ! c'est donc dans le sac noir que la clef se trouvait.

Ashby pensa à la déposition de Mrs Katz. Holloway vit qu'il y pensait. C'est à cela que se rapportait évidemment le mot suivant du policier :

— Curieux, n'est-ce pas ?

Ashby discuta. Est-ce qu'il avait tort ?

— Vous oubliez qu'elle n'a jamais prétendu avoir vu l'objet que Belle passait à l'homme. Si je me souviens bien, elle a dit qu'elle supposait que cela pouvait être une clef. Elle n'a même pas affirmé que la personne était Belle Sherman.

— Je sais. C'était peut-être elle, mais l'objet n'était sûrement pas cette clef. Au fait, savez-vous quel sac la jeune fille avait ce soir-là ?

Il répondit honnêtement que non. Il ne savait pas. C'était important, il s'en rendait compte. Il aurait pu mentir. Il voyait bien que Mr Holloway, depuis qu'il avait pénétré dans le cagibi, ne le regardait pas comme les autres fois, mais avec une certaine commisération.

— Vous êtes sûr, n'est-ce pas, de ne pas lui avoir ouvert la porte quand elle est rentrée vers neuf heures et demie, soi-disant du cinéma ?

— Je ne suis pas sorti de cette pièce. Je l'ai aperçue au-dessus des trois marches et j'en ai été surpris.

— Elle avait son manteau et son béret ? Donc presque sûrement son sac à main.

— C'est possible.

— Parce qu'on a retrouvé un autre sac en évidence sur la table de sa chambre, on a supposé que c'était de celui-là qu'elle s'était servie. Et, comme ce sac ne contenait pas de clef, on en a conclu que l'hypothèse de Mrs Katz était exacte. Depuis, tous les raisonnements sont partis de là.

— De sorte que maintenant... ?

— Il y a nécessairement une erreur quelque part. C'est une vilaine histoire, Mr Ashby, une histoire regrettable, et j'aurais préféré, pour ma tranquillité et pour la vôtre, qu'elle n'existât jamais. Je crois aussi que j'aurais préféré ne pas retrouver cette clef. Je ne sais pas encore où elle nous conduira, mais je prévois que les gens en tireront des conclusions à leur façon. Puisque la clef était dans la maison, il a fallu que Belle aille elle-même ouvrir la porte à son meurtrier.

— Est-ce plus étrange que de lui remettre la clef sur le seuil ?

— Je comprends votre point de vue. Vous verrez que les gens interpréteront le fait autrement.

Il finit par s'en aller, l'air mécontent de lui.

Le *M* dut être peint sur la pierre au cours de la nuit suivante, donc avant que les journaux parlent de la clef. Ce n'était pas l'œuvre d'un gamin. Il avait fallu se procurer un pot de goudron et un pinceau, sortir de chez soi malgré le gel, probablement faire la route à pied, car on n'avait entendu aucune voiture s'arrêter à proximité.

Après la scène de Christine, le samedi, et la découverte de la lettre peinte, il y avait eu les enfants. Ils étaient une bande à jouer dehors chaque samedi. D'habitude, quand il y avait de la neige, ce n'était pas sur leur chemin, mais sur le suivant, dont la pente était meilleure, qu'ils faisaient du traîneau. C'est donc exprès qu'ils avaient passé la journée devant la maison. Cela se voyait à leur façon de regarder les fenêtres, de se pousser du coude, de chuchoter comme s'ils échangeaient des secrets.

Ashby n'avait rien voulu changer à ses habitudes. En temps normal, quand il passait plusieurs jours chez lui, c'était parce qu'il était enrhumé, et il se traînait alors de la cheminée du living-room à son cagibi. Cette fois, il se comportait de la même façon, la pipe à la bouche, les pieds dans des pantoufles et, inconsciemment, par une sorte de mimétisme, il prenait des attitudes de malade.

Trois ou quatre fois, alors qu'il se tournait vers le dehors, il avait surpris un visage de gamin collé à la vitre.

Il n'avait pas tenté de les chasser. Christine non plus, qui s'était aperçue de leur manège. Elle savait aussi bien que lui que cela valait mieux. Elle faisait comme si de rien n'était non seulement avec les autres, mais avec lui, et, ayant presque chaque jour une séance de comité, ou un thé, ou une réunion de bienfaisance, elle continuait de s'y rendre.

Il croyait seulement remarquer qu'elle ne restait dehors que le temps strictement nécessaire.

— Personne ne t'a rien dit ?

— On n'a parlé que des affaires de l'œuvre.

Il ne la croyait pas. Il ne la croyait plus. Parmi les notes griffonnées sur son bureau, l'une disait :

Christ, aussi ?

Ce n'était pas du Christ, mais de sa femme qu'il s'agissait. Cela signifiait :

« *Se demande-t-elle, comme les autres, si, en définitive, je ne suis pas coupable ?* »

Les journaux n'émettaient pas cette hypothèse-là. Mais, chaque jour, ils annulaient une ou plusieurs autres hypothèses, de sorte que le champ des possibilités se rétrécissait.

Aucun des jeunes gens interrogés n'avouait avoir vu Belle le soir ou la nuit de sa mort. Le décès, d'après l'autopsie de Wilburn, avait eu lieu avant une heure du matin. Comme Christine n'était pas rentrée à cette heure-là, Ashby n'avait pas d'alibi. Les jeunes gens, eux, en avaient tous un. Rares étaient ceux qui, après le cinéma, n'étaient pas rentrés chez eux, et ces quelques-uns-là étaient restés en bande à manger des hot-dogs ou des glaces.

On leur avait posé des questions indiscrètes, dont le journal se faisait l'écho en termes curieusement choisis :

Deux des adolescents interrogés ont admis avoir eu des relations assez intimes avec Belle Sherman, mais ils insistent sur le fait que ces rapports ont été fortuits.

A ce sujet aussi, Ashby avait griffonné des noms sur son bureau. Il croyait connaître tous ceux qui étaient sortis avec Belle. Plusieurs d'entre eux étaient de ses anciens élèves, tous les fils d'amis ou d'hommes qu'il fréquentait.

Qui avait procédé à ces interrogatoires-là ? Sans doute Bill Ryan, puisque Christine avait vu les jeunes gens du pays dans son antichambre quand elle était allée à Litchfield avec Lorraine.

Qu'est-ce que le rédacteur entendait par rapports *assez* intimes ?

C'était dans la solitude de son cagibi qu'il ruminait ces questions-là. Il s'asseyait, le crayon à la main, se passait les doigts dans les cheveux comme quand, autrefois, il veillait la nuit pour préparer ses examens. Machinalement, il se mettait à tracer des arabesques sur le papier, puis des mots, parfois une croix à côté d'un nom.

Assez intimes, cela devait faire allusion à des scènes en auto. Tous ceux qu'on avait cités avaient pu disposer de la voiture de leurs parents. Il leur était à peu près impossible de conduire Belle dans des bars comme le *Little Cottage*, où on ne les aurait pas servis à cause de leur âge. Dans ces occasions-là, ils emportaient une bouteille et s'arrêtaient au bord de la route. Voilà pourquoi on ajoutait le mot *fortuit*.

Cela arrivait tous les soirs. Chacun le savait, les parents aussi, mais on préférait feindre de l'ignorer. Est-ce que certains parents de jeunes filles qui sortaient ainsi gardaient réellement des illusions ?

Il en était arrivé à surprendre les moindres bruits de la maison. C'était quand il n'y en avait plus, quand il se sentait environné de silence, qu'il s'inquiétait, jaillissait de son cagibi en s'imaginant que Christine était en train de chuchoter avec quelqu'un, ou que l'on complotait contre lui.

Mr Holloway avait raison : l'aventure était extrêmement désagréable. Quelqu'un avait étranglé Belle. Et il devenait plus évident chaque jour que ce n'était ni un rôdeur, ni un vagabond. Ces gens-là ne passent pas inaperçus et on les avait traqués sur toutes les routes du Connecticut.

Puisque ce n'était pas Ashby non plus — il n'y avait en définitive que lui à en être sûr — c'était quelqu'un que Belle avait introduit dans la maison, quelqu'un donc qui, vraisemblablement, faisait partie du cercle de leurs connaissances.

C'était encore une de ses raisons de griffonner. La police, jusque-là, avait surtout paru s'intéresser aux jeunes gens. Spencer, lui, pensait aussi aux hommes mariés. Il n'était sûrement pas le seul dont la femme se trouvait dehors ce soir-là. Certains pouvaient rentrer chez eux très tard sans qu'on le sût, car ils faisaient chambre à part.

Un des gamins, qui avouait « avoir pris du bon

temps » avec Belle une semaine avant sa mort, ajoutait :

— Nous ne l'intéressions pas beaucoup.

— Pourquoi ?

— Elle nous trouvait trop jeunes.

Ashby mettait des noms en colonnes, et le cagibi commençait à se saturer de son odeur.

Après ce samedi-là, dont il gardait un souvenir déplaisant, d'un vilain gris, il y avait eu la matinée du dimanche, qui avait servi, en somme, à fixer les positions.

Ils avaient l'habitude de se rendre au service. Christine était très religieuse et était une des plus actives parmi les dames qui s'occupaient de l'église, dont elle décorait l'autel à son tour, une fois toutes les cinq semaines.

Il avait hésité à lui en parler pendant qu'ils s'habillaient, avait fini par grommeler avec un de ces coups d'œil furtifs qui lui devenaient familiers :

— Tu ne crois pas que je ferais mieux de rester ici ?

Elle n'avait pas compris immédiatement sa pensée.

— Pourquoi ? Tu ne te sens pas bien ?

Il avait horreur de préciser. Elle lui avait presque donné l'idée de tricher, mais cela lui répugnait.

— Il ne s'agit pas de moi, mais des autres. Ils préféreraient peut-être que je ne sois pas là. Tu sais bien ce qui s'est passé pour l'école.

Elle n'avait pas pris la chose à la légère, car il s'agissait de religion, et elle avait téléphoné au recteur. C'était une preuve qu'il ne se tracassait pas pour rien. Le recteur avait hésité, lui aussi.

— Qu'est-ce qu'il a dit ?

— Qu'il n'y a aucune raison pour que tu n'assistes pas au service. A moins...

Elle se mordit les lèvres, rougit.

— A moins que je sois coupable, je suppose ?

A présent, il était obligé d'y aller. C'était à contrecœur. Il sentait qu'il avait tort, que ce n'était pas sa place, en tout cas pas ce jour-là. Le temps était mou, la neige piquée de rouille, et de grosses gouttes tombaient des toits ; les autos, surtout celles qui avaient leurs chaînes, projetaient des deux côtés des gerbes de neige liquéfiée.

Christine et lui gagnèrent leur banc, le quatrième à gauche, alors que presque tout le monde était déjà à sa place, et Ashby sentit tout de suite comme un vide autour de lui. C'était si net qu'il aurait juré que Christine ne pouvait pas ne pas partager son impression. Il ne lui en parla pas après. De son côté, elle évita le sujet, comme elle évita de parler du sermon.

Il se demanda si le recteur avait eu une arrière-pensée en le faisant venir. Il avait choisi pour thème, ce dimanche-là, le psaume XXXIV, 22 :

Le mal cause la mort du méchant
et ceux qui haïssent le juste sont châtiés.

Mais c'était bien avant qu'il parlât qu'Ashby avait eu l'impression d'être exclu, au moins momentanément, de la communauté. Peut-être ne s'agissait-il pas à proprement parler d'exclusion ? Peut-être même était-ce lui qui ne se sentait plus d'un même cœur avec les autres ?

Il était comme dressé contre eux, c'était vrai. Ils étaient environ trois cents autour de lui, comme chaque dimanche, chacun à sa place, chacun dans ses meilleurs habits, à chanter les hymnes dont les numéros étaient indiqués au tableau, tandis que l'harmonium soutenait les voix de sa musique huileuse. Christine, elle, communiait avec l'assistance, ouvrait la bouche en même temps que les autres, et ses yeux avaient le même regard, son visage la même expression.

Il avait chanté avec les fidèles aussi, des centaines de dimanches, pas seulement dans cette église-ci, mais dans la chapelle de l'école, dans les chapelles d'autres écoles où il avait passé, et aussi dans l'église de son village à lui. Les paroles lui montaient aux lèvres, et l'air, mais pas la conviction, et c'était d'un œil froid qu'il regardait autour de lui.

Tous étaient tournés du même côté, baignés dans une lumière égale et sans mystère. A mesure qu'il tournait la tête pour les observer, il voyait leurs yeux rouler, leurs yeux seuls, dans les visages immobiles.

On ne l'accusait pas. On ne le lapidait pas. On ne lui disait rien. Peut-être, au fond, pendant des années, n'avait-on fait que le tolérer ? Ce n'était pas son village. Ce n'était pas son église. Aucune famille, ici, ne connaissait sa famille, et il n'y avait aucun de ses ancêtres dans le cimetière, pas une tombe, ni une page du registre paroissial, à porter son nom.

Ce n'était pas cela qu'on lui reprochait. Lui reprochait-on vraiment quelque chose ? Il était possible qu'ils ne pensent même pas à lui. Cela ne changeait rien. Ils étaient là, à sa gauche, à sa droite, devant lui, derrière, qui ne formaient qu'un bloc, qui étaient vraiment la communauté comme Christine l'entendait et, le regard droit devant

eux, ils entonnaient les versets des hymnes qui
jaillissaient des profondeurs inconscientes où ils
avaient leurs racines.

> *Le mal cause la mort du méchant*
> *et ceux qui haïssent le juste sont châtiés.*

Parti de ces mots-là, Mr Burke, le recteur, créa
vraiment là, dans l'église, un monde palpable dont
tous faisaient partie. Les justes n'étaient plus une
entité vague, mais le peuple élu qui serrait ses
rangs autour du Seigneur. Les justes, c'étaient eux
tous, devant et derrière lui, à gauche et à droite,
et c'était aussi Christine qui écoutait, les yeux
clairs et les joues roses.

N'avaient-ils pas tous les yeux limpides puisque
leur conscience était sans reproche ?

Ce n'était pas vrai. Il savait, lui, que ce n'était
pas vrai. Il n'y avait jamais beaucoup pensé. Les
autres dimanches, il n'y pensait pas du tout, faisait comme eux, était un des leurs.

Maintenant plus. N'était-ce pas lui que la
voix sonore du pasteur désignait comme « le
méchant » ?

> *Le mal cause la mort du méchant...*

Dans leur esprit à tous, c'était évident. Ils étaient
des justes, assis sur leurs bancs de chêne, qui tout
à l'heure entonneraient de nouveaux hymnes.

Le méchant ne pouvait pas appartenir à la
confrérie. Il s'en excluait de lui-même.

Mr Burke l'expliquait avec pertinence, sans
cacher que son sermon avait un rapport étroit
avec le drame de la semaine et avec le malaise qui
s'était emparé du village.

Il n'en parlait qu'à mots couverts, comme les

journaux rendaient compte des interrogatoires, mais ce n'en était pas moins net.

Si la communauté était solide, l'esprit du mal rôdait, jamais en repos, prenant toutes les formes dans le dessein d'assouvir sa haine du juste.

Cet esprit du mal-là, ce n'était pas un vague démon. C'était une façon d'être à laquelle chacun n'avait que trop tendance à se laisser aller, une attitude dangereuse devant la vie et ses pièges, une complaisance à l'égard de certains plaisirs et de certaines tentations...

Ashby n'entendait plus les phrases, ni les mots, mais les amples périodes lui sonnaient dans la tête après avoir, comme les vagues de l'harmonium, heurté les quatre murs.

Il savait que tout le monde autour de lui buvait les paroles du pasteur. On les mettait en garde, certes, mais en les rassurant. Si l'esprit du mal était puissant, s'il paraissait parfois l'emporter, le juste n'en finissait pas moins toujours par triompher.

Le mal cause la mort du méchant...

Ils se sentaient forts et propres. Ils se sentaient la Loi, la Justice, chaque phrase nouvelle qui passait au-dessus des têtes les grandissait, tandis qu'Ashby, au milieu d'eux, devenait plus frêle et plus solitaire.

Il en avait rêvé, la nuit suivante, et le rêve avait été encore plus angoissant, parce qu'il y avait un vide physique autour de lui. Les proportions de l'église étaient différentes. Le recteur ne récitait pas son sermon, mais le chantait comme un hymne, avec accompagnement d'harmonium.

Tout en chantant, il le regardait, lui, Spencer Ashby, et lui seul. Il savait ce que cela voulait dire.

Tous les deux le savaient. C'était un jeu, comme avec Christine, mais plus solennel et terrible. Il s'agissait ni plus ni moins d'exorciser l'église, et tous les justes attendaient qu'en s'en allant il avoue que c'était lui le méchant.

Est-ce qu'alors ils se précipitaient sur lui pour le tuer ou le lapider ?

Il résistait, non par orgueil, mais par honnêteté, discutait son cas, sans ouvrir la bouche, ce qui était une sensation curieuse.

Il leur disait, l'air dégagé :

« Je vous affirme que ce n'est pas moi qui l'ai tuée. Franchement. Si je l'avais fait, je le dirais. »

Pourquoi s'obstinaient-ils ? C'étaient des justes, et ils ne pouvaient donc pas exiger de lui qu'il mentît. Ou alors, ils n'étaient pas si justes que ça.

Or ils continuaient à le regarder fixement, tandis que le recteur l'exhortait toujours.

« Je ne l'avais même pas remarquée. Demandez-le à ma femme. Vous la croyez, elle. C'est une sorte de sainte. »

C'était quand même eux qui avaient raison. Il finissait par l'avouer, parce qu'il ne pouvait pas discuter éternellement. Il ne s'agissait pas de Belle, tout le monde, et lui aussi, le savait depuis le début. Il s'agissait du principe.

Peu importe quel principe. On n'avait pas besoin d'éclaircir ce point-là, qui était secondaire. Il n'en avait pas plus envie que les autres, d'ailleurs. Il voulait éviter qu'on parle de Sheila Katz ou des jambes de miss Moeller, ce qui l'aurait placé dans une situation encore plus délicate. Pour Christine aussi, il valait mieux pas.

Il ne savait pas comment son rêve avait fini. C'était devenu confus. Probablement s'était-il retourné sur l'autre côté. Il avait respiré plus librement et, plus tard, avait rêvé de Sheila, qui avait un cou trop long, très mince, autour duquel plusieurs rangs de perles étaient enroulés, peut-être dix. Il prétendait que c'était le collier de Cléopâtre tel qu'il l'avait vu dans son manuel d'histoire.

Ce n'était pas vrai, bien entendu. Dans la réalité, il n'avait jamais vu Mrs Katz avec un collier.

Dans la réalité aussi, à plus forte raison, le service du dimanche s'était terminé différemment. Ils étaient sortis à leur tour, Christine et lui, et le pasteur, qui se tenait à la porte, leur avait serré la main comme il le faisait chaque dimanche. Avait-il vraiment gardé un peu plus longtemps la main de Christine dans la sienne et ensuite avait-il regardé Ashby avec ce que celui-ci aurait appelé une froide commisération ?

Il ventait. Tout le monde se dirigeait vers les voitures. La plupart des gens se saluaient de la main, mais il ne vit aucune main agitée dans sa direction.

A quoi bon en parler à sa femme ? Elle ne pouvait pas comprendre ce qu'il ressentait. Elle était trop avec eux, depuis toujours. Tant mieux pour elle. C'était une chance. Au fond, il aurait bien voulu être ainsi, lui aussi.

— Nous rentrons tout de suite ?

A croire qu'elle avait oublié. Il répondit :

— Comme tu voudras.

Souvent, avant d'aller déjeuner, ils faisaient une heure de voiture dans la campagne, ou bien ils allaient chez des amis prendre l'apéritif. Les signes qu'échangeaient les gens qui montaient en auto, c'étaient des rendez-vous qui se donnaient.

Il n'y en avait pas pour eux. Elle avait dû se dire que la maison allait sembler vide. Pas seulement la maison, mais le village. Pour lui, en tout cas, il était plus vide que d'habitude, au point qu'il en ressentait une angoisse, comme quand on rêve que le monde est figé autour de soi et qu'on s'aperçoit soudain que c'est parce qu'on est mort.

— En somme, dit-il en mettant la voiture en marche, il y avait probablement là une vingtaine de jeunes filles qui en ont fait autant que Belle.

Christine ne répondit pas, n'eut pas l'air d'entendre.

— Ce n'est pas seulement probable, c'est fatal, ajouta-t-il.

Elle se taisait toujours.

— Il y avait des hommes qui ont couché avec elle.

Il le faisait exprès de la choquer, pas tant par méchanceté que pour la sortir de son mutisme, de son irritante quiétude.

— L'assassin était parmi nous.

Elle ne se tourna pas vers lui, prononça d'une voix neutre, qu'elle employait rarement entre eux, mais dont elle se servait pour remettre les gens à leur place :

— Cela suffit.

— Pourquoi ? Je ne dis que la vérité. Le recteur lui-même...

— Je t'ai prié de te taire.

Il s'en voulut tout le reste de la journée de s'être laissé impressionner et de lui avoir obéi. C'était comme si le pasteur avait eu raison, le méchant baissant pavillon en face du juste...

Il n'avait jamais fait de mal de sa vie. Pas même autant que les jeunes gens interrogés par Bill Ryan et dont parlaient les journaux. Certains de ses élèves, à quatorze ans, avaient plus d'expérience qu'il n'en avait eu à vingt.

C'est de cela, peut-être, qu'il leur en voulait tant.

Ce matin, pendant qu'ils chantaient de si bon cœur, il avait envie de les désigner du doigt l'un après l'autre et de leur poser des questions embarrassantes.

Combien auraient pu répondre sans rougir ? Il les connaissait. Ils se connaissaient les uns les autres. Alors pourquoi faisaient-ils semblant de se croire sans tache ni défaillance ?

Il continuait à aller griffonner des noms sur son bureau. Les signes cabalistiques qu'il traçait à côté étaient comme une sténographie de péchés.

Christine et lui n'avaient rien à se dire, ce dimanche-là. Personne, contre l'habitude, ne les avait invités, et ils n'avaient invité personne. Ils auraient pu aller au cinéma. Il y avait une séance l'après-midi. Peut-être à cause du dernier soir de Belle, l'idée ne leur en vint pas.

Des autos, avec l'air de se tromper, s'engageaient dans l'allée qui n'aboutissait nulle part et des visages se collaient aux portières. On venait voir la maison où Belle était morte. On venait voir ce qu'ils faisaient. On venait regarder Ashby.

Il y eut un incident ridicule, sans importance aucune, et qui cependant, Dieu sait pourquoi, l'impressionna. A certain moment, vers trois heures ou trois heures et demie, alors qu'il venait de se lever pour prendre son pot à tabac sur le manteau de la cheminée, la sonnerie du téléphone retentit. Christine et lui tendirent la main en même temps. Ce fut lui qui arriva le premier et saisit le récepteur.

— Allô... fit-il.

Il eut la sensation très nette d'une présence à l'autre bout du fil. Il croyait même entendre une respiration, amplifiée par la plaque sensible.

Il répéta :

— Allô !... Ici, Spencer Ashby...

Christine, qui avait repris sa couture, leva la tête et le regarda, surprise.

— Allô ! s'impatienta-t-il.

Il n'y avait plus personne. Il écouta encore un moment et raccrocha. Sa femme prit le son de voix qu'elle adoptait quand elle voulait le rassurer.

— Un faux numéro...

Ce n'était pas vrai.

— Puisque tu es debout, tu ne voudrais pas allumer ?

Il tourna les commutateurs les uns après les autres, se dirigea vers la fenêtre pour fermer les stores vénitiens. Il ne le faisait jamais sans un coup d'œil aux fenêtres d'en face.

Sheila jouait du piano, vêtue de rose vaporeux, seule dans la grande pièce où régnait une lumière du même ton que sa robe. Ses cheveux tressés, serrés autour de sa tête, étaient très noirs, son cou long.

— Tu ne lis pas ?

Il saisit le *New York Times* du dimanche avec tous ses suppléments, mais ne tarda pas à les abandonner pour se diriger vers son cagibi.

Sur la page où il y avait déjà des noms et des mots décousus, il traça :

Qu'est-ce qu'il peut penser ?

Le temps coula comme les gouttes qui tombaient du toit, puis il y eut le dîner, le bruit de la vaisselle dans la machine, le fauteuil devant le feu et enfin les lumières qu'on éteignait dans toute la maison avant d'éteindre celle de la salle de bains.

Ensuite le fameux rêve.

Le rêve plus clair et plus court de Sheila.

Puis encore un jour.

130

Il prenait l'habitude de détourner les yeux quand Christine le regardait, et elle, de son côté, baissait les siens dès qu'elle se sentait observée.

Pourquoi ?

2

Ce mercredi-là, on n'éteignit pas les lampes de la journée. Le ciel était bas, gonflé de neige qui ne parvenait pas à se dégager. On voyait les guirlandes de lampadaires allumés dans *Main Street* et dans les quelques rues transversales, et les autos avaient leurs lanternes, quelques-unes, qui venaient de la montagne, étaient encore en phare.

Ashby n'avait pas pris de bain. Il s'était demandé s'il se raserait. C'était de sa part une sorte de protestation de ne pas le faire, de rester sale, et il éprouvait alors une volupté à renifler sa propre odeur. Rien qu'à le voir rôder dans la maison sans se fixer, Christine connaissait son état d'esprit et, pour éviter de donner prise, elle vivait sur la pointe des pieds.

— A quelle heure vas-tu faire le marché ? demanda-t-il, alors qu'il ne s'en occupait jamais.

— Je n'ai pas de marché à faire aujourd'hui. J'ai acheté hier pour deux jours.

— Tu ne sors pas ?

— Pas ce matin. Pourquoi ?

C'est alors qu'il décida soudain d'aller se laver et de mettre ses chaussures. Il entra en passant dans le cagibi pour écrire deux ou trois mots en travers de la feuille de papier qui se trouvait en permanence sur son bureau, et il était revenu dans le living-room quand le téléphone sonna.

Il décrocha, sûr, tout de suite, que ce serait la même chose que la veille, dit seulement, d'une voix un peu blanche :

— Ici, Ashby.

Il ne bougea plus et il ne se produisit rien. Sa femme, qui l'observait, ne fit pas de commentaire. Il ne voulait pas laisser voir qu'il était impressionné. Car c'était aussi impressionnant, plus peut-être, que le *M* barbouillé sur la façade.

— Ces messieurs de la police s'assurent peut-être que je n'ai pas pris encore la fuite, railla-t-il quand il eut raccroché.

Il ne le pensait pas. Il parlait pour Christine.

— Tu crois qu'ils emploient un moyen comme celui-là ?

D'une voix plus haute, qui lui parut grinçante, il dit :

— Alors, c'est sans doute l'assassin.

Cette fois-ci, il le croyait. Il ne savait pas pourquoi. Cela ne reposait sur aucun raisonnement. Etait-ce si extravagant de penser qu'un lien pouvait s'établir entre lui et l'homme qui avait tué Belle ? C'était quelqu'un qui le connaissait, qui l'avait observé, qui l'observait peut-être encore. Pour des raisons de sécurité personnelle, il ne pouvait pas venir lui déclarer, ou lui annoncer au téléphone :

« C'est moi ! »

Spencer alla chercher son manteau et son chapeau dans le placard, s'assit près de la porte pour chausser ses caoutchoucs.

— Tu prends la voiture ?

Elle avait soin de ne pas lui demander où il allait, mais c'était un moyen détourné de le savoir.

— Non. Je vais seulement à la poste.

Il n'y avait pas mis les pieds plus de deux fois depuis la mort de Belle. Les autres jours, c'était sa femme qui y passait en revenant du marché et qui rapportait en même temps les journaux.

— Tu ne veux pas que j'y aille ?

— Non.

Il valait mieux ne pas le contrarier. C'était un jour où il suivait son idée, elle s'en était presque aperçue dès qu'il était entré dans la cuisine pour le petit déjeuner. Il prit le temps de bourrer une pipe, de l'allumer, de passer ses gants avant de sortir, et il guettait, ce faisant, les fenêtres de Sheila, où il ne vit personne. Elle devait se faire servir son petit déjeuner dans son lit. Il l'avait aperçue une fois, du grenier, où il était monté par hasard, une lampe de chevet rose de chaque côté d'elle, et il en avait été fort impressionné.

Il descendit la côte, tourna à droite dans *Main Street*, s'arrêta quelques instants devant un étalage d'appareils électriques et se trouva en vue des colonnes de la poste juste un quart d'heure après l'arrivée du courrier. Cela voulait dire qu'il y avait une quinzaine de personnes dans le hall, les plus importantes du pays, celles pour qui le courrier compte, qui bavardaient pendant que les deux employés triaient les enveloppes et les glissaient dans les boîtes.

Depuis son réveil, il avait la conviction que quelque chose tournerait mal ce jour-là, et c'était peut-être pour en finir, pour que cela se produise plus vite, qu'il était là. Il n'avait aucune idée de la façon dont cela se passerait, encore moins d'où le coup viendrait. Peu importait, puisqu'il était décidé à le provoquer au besoin.

Il avait encore fait un rêve désagréable, plus désagréable que le rêve de l'église. Il ne voulait pas s'en souvenir dans les détails. Il s'agissait de Belle, telle qu'il l'avait vue quand il avait ouvert la porte de sa chambre, mais ce n'était pas exactement Belle ; elle avait un autre visage et elle n'était pas réellement morte.

Même Cecil B. Boehme, le principal de *Crestview*, venait en personne, chaque matin, chercher le courrier de l'école. On reconnaissait les voitures au bord du trottoir. Certains, en attendant le courrier, feuilletaient les magazines ou discutaient politique chez le marchand de journaux. Ashby ne se souvenait pas d'une autre occasion où il ait vu la vitrine de celui-ci éclairée à pareille heure.

Il gravit les marches du bureau de poste, poussa la porte, reconnut du premier coup d'œil Weston Vaughan, en compagnie de deux autres personnes, qui lui faisaient face, Mr Boehme, justement, et un propriétaire des environs.

Ashby n'aimait pas son cousin par alliance, et celui-ci ne lui avait jamais pardonné d'avoir épousé Christine, sur laquelle il avait compté comme la vieille fille de la famille. Weston et elle étaient cousins germains, mais c'était Christine qui était la fille du sénateur Vaughan, dont Weston n'était que le neveu.

Cela n'avait aucune importance pour le moment ; Spencer sut seulement que ce qu'il avait prévu allait probablement se passer, il le fit exprès de marcher droit vers Vaughan, la main tendue, le regard ferme, un tantinet arrogant.

Weston était un homme important dans la région d'abord parce qu'il était attorney, ensuite

136

parce qu'il s'occupait de politique tout en ayant soin de ne pas se présenter lui-même, enfin parce qu'il avait la parole mordante et l'esprit caustique.

Il ne fut pas long à prendre son parti, regarda la main offerte, croisa les bras et prononça, de sa voix haut perchée, qu'on put entendre de tous les coins du bureau de poste :

— Permettez-moi, mon cher Spencer, de vous déclarer que je ne comprends pas votre attitude. Je sais que les lois libérales de notre pays considèrent un homme comme innocent tant que sa culpabilité n'a pas été prouvée, mais je pense aussi que la décence et la discrétion doivent entrer en ligne de compte.

Il avait préparé son discours, peut-être depuis plusieurs jours, pour le moment où il rencontrerait Ashby, et il ne ratait pas l'occasion, poursuivait avec une visible satisfaction :

— On vous a laissé en liberté et je vous en félicite. Voulez-vous cependant vous mettre à notre place ? Supposons qu'il n'y ait que dix chances sur cent que vous soyez coupable. Ce sont dix chances que vous nous donnez, mon cher Spencer, de serrer la main d'un assassin. Un gentleman ne place pas ses concitoyens dans cette alternative-là. Il évite de susciter les commentaires en se montrant en public, se fait aussi humble que possible et attend.

» C'est tout ce que j'ai à dire.

Là-dessus, il ouvrit son étui en argent, y prit une cigarette dont il tapota le bout sur l'étui. Ashby n'avait pas bougé. Il était plus grand que Vaughan, plus maigre. Celui-ci, après avoir laissé passer quelques secondes, les plus dangereuses, avait fait deux pas en arrière, comme pour marquer qu'il considérait l'entretien comme terminé.

Contrairement à ce que les spectateurs attendaient, Spencer ne le frappa pas, ne leva pas la main. Certains, dans leur for intérieur, devaient souffrir pour lui. Sa respiration était devenue plus forte, sa lèvre frémissait.

Il ne baissa pas les yeux. Il les regarda tous, à commencer par son cousin par alliance, à qui il revint plusieurs fois, regarda aussi Mr Boehme qui s'était retourné en feignant d'avoir affaire au guichet des recommandés.

Etait-ce ce coup-là qu'il avait voulu recevoir, qu'il était venu chercher ? Avait-il besoin de la confirmation que Vaughan lui avait fournie ?

Il aurait pu lui répondre sans peine. Quand Christine avait annoncé son mariage, par exemple, Weston s'était démené pour l'empêcher, sans cacher que, dans son esprit, l'argent Vaughan revenait à des Vaughan et non à d'éventuels petits Ashby. Il avait si bien plaidé la cause de ses propres enfants que Christine avait signé un testament dont Spencer ne connaissait pas les termes, mais qui paraissait avoir calmé son cousin.

C'était Weston aussi qui avait rédigé le contrat de mariage, lequel faisait d'Ashby un étranger dans sa propre maison.

Et maintenant, celui-ci se demandait tout à coup si c'était réellement parce qu'elle avait dépassé la trentaine lors de leur mariage que Christine n'avait pas d'enfant. Ils avaient toujours évité d'en parler, elle et lui, et la vérité n'était peut-être pas aussi simple qu'il l'avait cru.

L'année précédente encore, Vaughan avait reçu cinq mille dollars de la main à la main en échange de...

A quoi bon ? Il ne répondit rien, ne dit rien, leur donna à tous le temps de le regarder et alors se dirigea vers sa boîte en tirant le trousseau de clefs de sa poche.

Il était satisfait de lui. Il s'était montré digne, comme il s'était promis de l'être quand il en aurait l'occasion. Un rien, pourtant, faillit lui faire perdre contenance. Au-dessus des quelques lettres et prospectus que contenait sa boîte, il y avait une carte postale qui glissa par terre, l'image en l'air, et cette image n'était autre qu'un gibet grossièrement dessiné et colorié, avec une légende qu'il ne prit pas le temps de lire.

Quelqu'un rit, une seule personne sur les dix ou quinze présentes, pendant qu'il se baissait, ramassait la carte et, sans la regarder, la jetait dans la vaste corbeille à papier.

A ses yeux, ce qui venait de se passer dans le bureau de poste équivalait à une déclaration de guerre. Il fallait qu'elle vînt, d'un côté ou de l'autre. Sa conscience était désormais plus tranquille et il traversa la rue à grands pas calmes, entra chez le marchand de journaux, ne salua personne et prit son temps.

Il était anxieux de savoir si, à l'avenir, les coups de téléphone mystérieux continueraient. L'assassin de Belle savait-il déjà ? Etait-il en personne au bureau de poste ?

Il remonta chez lui sans se presser, ses journaux sous le bras, fumant sa pipe à petites bouffées bleues. Du bas de la rue, il aperçut Sheila, tout au moins une silhouette qui ne pouvait être que la sienne, dans la chambre à coucher, mais quand il arriva assez près pour distinguer les détails, elle avait disparu.

Parlerait-il à Christine de ce qui s'était passé ? Il n'en était pas encore sûr. Cela dépendrait de son inspiration. Il avait un détail à vérifier à son sujet.

C'était le matin, dans son lit, qu'il y avait pensé. Il était éveillé, mais gardait encore les yeux mi-clos pendant qu'elle se coiffait devant sa toilette. Il voyait son visage de deux façons différentes, au naturel et dans le miroir, alors qu'elle ne se savait pas observée, qu'elle était tout à fait elle-même, les sourcils froncés, à suivre le cours de ses pensées.

Tout à l'heure, il irait dans son cagibi. Il y conservait une vieille enveloppe jaune qui contenait des photographies de sa famille et de son enfance, et il savait quelle photo de sa mère il avait l'intention de comparer à l'image de Christine ce matin-là.

Si son impression était juste, le destin était curieux. Pas tellement extraordinaire, au fond. Et peut-être cela expliquait-il presque tout.

Christine, aussi, ce matin, le regardait s'approcher de la maison en se tenant un peu derrière le rideau, comme il avait l'habitude de le faire, croyant qu'il ne la voyait pas. Etait-elle déjà au courant ? Ce n'était pas impossible. Weston était capable de lui avoir téléphoné de la cabine publique.

C'était une bonne femme. Elle l'aimait bien, faisait son possible pour qu'il fût heureux, comme, dans ses comités, elle s'efforçait de supprimer les misères et les souffrances.

— Il y a du nouveau dans les journaux ?

— Je ne les ai pas ouverts.

— Ryan désire te voir.

— Il a téléphoné ?

Elle se troubla. C'était plus grave que ça, il l'avait deviné. Maintenant, il apercevait le petit papier jaunâtre sur la table.

— Un homme de la police a apporté cette convocation. Tu dois passer à quatre heures au bureau du coroner, à Litchfield. J'ai questionné le messager. Il paraît qu'ils entendent à nouveau tous les témoins, parce que, n'ayant rien trouvé, ils recommencent l'enquête à zéro.

Cela inquiétait sa femme de le voir si calme, mais il ne pouvait pas être autrement. En le regardant, ce n'était pas à elle qu'il pensait, ni à l'enquête, ni à Belle, mais à sa mère, qui vivait probablement toujours dans le Vermont.

— Tu désires que j'aille avec toi ?

— Non.

— A quelle heure as-tu envie de manger ?

— Quand tu voudras.

Il pénétra dans son cagibi, dont il referma la porte. Sur la feuille de papier, il écrivit la date et l'heure de l'incident de la poste, comme si cela devait avoir un jour de l'importance, fit suivre l'annotation de plusieurs points d'exclamation.

Il ouvrit un tiroir, prit l'enveloppe dont il répandit les photographies devant lui. Celles du gamin qu'il avait été ne l'intéressaient pas ; elles étaient très peu nombreuses d'ailleurs, presque toutes de ces photos de groupes qu'on prend dans les écoles. De son père, Spencer ne possédait qu'un très petit portrait à l'âge de vingt-cinq ans, sur lequel il souriait avec un surprenant mélange de gaieté enjouée et de mélancolie.

Il ne lui ressemblait pas, sinon peut-être par la forme très allongée de la tête, par le long cou à la pomme d'Adam saillante.

Il mit la main sur ce qu'il cherchait, la photographie de sa mère dans sa robe bleue à col montant, saisit une loupe qui traînait sur son bureau, car l'épreuve était petite, et son regard, en l'examinant, devenait amer.

C'était difficile de dire en quoi les deux femmes

se ressemblaient ; il s'agissait moins de traits que d'expression ; c'était plus encore une question de type humain.

Il ne s'était pas trompé en observant Christine à sa coiffure. Elles appartenaient toutes les deux au même type. Et peut-être que sa mère, au fond, à qui il en avait tant voulu, avait fait son possible, elle aussi, pour rendre son père heureux.

A sa façon ? Il était indispensable que ce fût à sa façon. Elle était sûre de l'approbation générale, parce que sa façon était celle du groupe. Elle pouvait, à l'église, chanter du même cœur que Christine sans craindre que les rangs des fidèles se referment devant elle.

Devait-il croire que c'était l'instinct qui l'avait poussé à épouser Christine, comme pour se mettre sous sa protection, sous sa volonté plutôt, ou comme pour se préserver de lui-même ?

C'était exact, il avait toujours craint de finir comme son père. Il l'avait à peine connu. Ce qu'il en savait, il le tenait de sa famille, surtout de sa mère. Tout jeune, on l'avait mis pensionnaire et il passait, le plus souvent, les étés dans un camp de vacances, ou encore on l'envoyait au loin chez des tantes, de sorte qu'il avait rarement l'occasion de trouver son père et sa mère ensemble.

Son père avait des maîtresses. C'est ainsi qu'on disait. Plus tard, il avait compris que ce n'était pas tout à fait cela. Autant qu'il avait pu reconstituer le passé par recoupements, son père disparaissait soudain pour des semaines, plongeait en quelque sorte, et on le retrouvait ensuite dans les endroits les plus mal famés de Boston, de New York, voire de Chicago ou de Montréal.

Il n'était pas seul, mais ce n'était pas tellement la femme ou les femmes qui comptaient. Il buvait.

On avait essayé de le désintoxiquer et il avait été enfermé deux fois dans une maison de santé. Sans doute était-il incurable, puisqu'on avait fini par y renoncer ?

Quand sa mère regardait le gamin que Spencer était à l'époque, elle secouait la tête en soupirant :

— Pourvu qu'il n'ait pas hérité de son père !

Il avait toujours été persuadé, lui, qu'il serait comme son père. C'était sans doute pour cela qu'il avait été terrorisé par sa mort. Il avait dix-sept ans quand on l'avait fait venir du collège pour les funérailles. Il n'était pas le personnage central, cette fois-là. Le personnage central, c'était le mort dans son cercueil. Spencer n'en avait pas moins ressenti ce jour-là à peu près les mêmes impressions que ce dernier dimanche à l'église. Peut-être, justement, était-ce à cause du passé qu'il les avait vécues dimanche ?

L'église était pleine, car la famille de son père était une famille importante, celle de sa mère, les Harness, encore plus. Autour du catafalque, les gens formaient comme un bloc unanime de réprobation, et il y avait un évident soulagement dans la façon dont le pasteur parlait de Dieu dont les desseins sont impénétrables.

Dieu les avait enfin débarrassés de Stuart S. Ashby. En fait, Ashby s'était tiré une balle de pistolet dans la bouche et, détail curieux, on n'était jamais parvenu à savoir d'où provenait l'arme. Il y avait pourtant eu une enquête. La police s'en était mêlée. Le suicide avait eu pour décor une chambre meublée de Boston et on avait fini par mettre la main sur la femme qui accompagnait Ashby au moment de sa mort et qui s'était enfuie en emportant sa montre.

Même les condoléances signifiaient :

« *Enfin, chère amie, vous voilà débarrassée de cette croix !* »

Son père avait écrit une belle lettre, par laquelle il demandait pardon. Sa mère l'avait lue à tout le monde, prenant les mots dans leur sens littéral, et il n'y avait jamais eu que Spencer à se demander si certaines phrases, à double entente, n'étaient pas d'une douloureuse ironie.

— *J'espère que tu ne boiras jamais, car, si tu tiens de lui...*

Il avait eu si peur qu'il n'avait pas touché un verre de bière avant l'âge de vingt-cinq ans. Ce qui l'impressionnait le plus, ce n'était pas tant tel ou tel vice déterminé, tel danger précis, que l'attrait de quelque chose de vague, de certains quartiers des grandes villes, par exemple, de certaines rues, comme aussi de certains éclairages, de certaines musiques, voire de certaines odeurs.

Pour lui, il existait un monde qui était celui de sa mère, où tout était paix et propreté, sécurité et considération, et ce monde-là avait tendance à le rejeter, comme il avait rejeté son père.

Ce n'est pas cela qu'il pensait lorsqu'il était sincère, c'était lui, en réalité, qui était tenté de tourner le dos à ce monde-là, de le renier, de se révolter contre lui. Parfois il le haïssait.

La vue de la porte de certains bars, un soir de pluie, pouvait lui donner le vertige. Il se retournait sur des mendiants, sur des clochards, avec de l'envie dans les yeux. Longtemps, alors qu'il n'avait pas encore terminé ses études, il avait eu la conviction que c'était son destin de finir dans la rue.

Est-ce pour cela qu'il avait épousé Christine ? Tout avait fini par devenir péché. Il avait usé sa vie à fuir le péché et, jusqu'à son mariage, il avait passé la plupart de ses vacances d'été le sac au dos, comme un grand boy-scout solitaire.

— Le déjeuner est servi, Spencer.

Elle avait aperçu les photographies, mais n'en parla pas. Elle était plus intelligente et plus sensible que sa mère n'avait été.

Après le déjeuner, il s'assoupit dans le fauteuil devant le feu, tressaillit à la sonnerie du téléphone, ne se leva pas, regarda Christine qui écoutait et qui, après avoir prononcé son nom, comme d'habitude, ne soufflait plus mot. Quand elle raccrocha, il ne sut pas comment poser la question, balbutia maladroitement :

— C'est *lui* ?

— Personne n'a parlé.

— Tu l'as entendu respirer ?

— Il me semble, oui.

Elle hésitait.

— Tu es sûr que tu ne préfères pas que je t'accompagne ?

— Oui. J'irai seul.

— Je pourrais en profiter pour faire quelques courses à Litchfield pendant que tu seras chez le coroner.

— Qu'est-ce que tu as à acheter ?

— Des petits riens, du fil, des boutons, de l'élastique...

— On en trouve ici.

Il ne voulait pas qu'on l'accompagne dans ces conditions-là. Il ne voulait pas qu'on l'accompagne du tout. Quand il sortirait de chez Ryan, il ferait tout à fait nuit et il y avait longtemps qu'il n'avait plus vu une ville, même une petite ville, aux lumières artificielles.

Il alla chercher sa bouteille de scotch, se prépara un verre, proposa :

— Tu en veux ?

— Pas maintenant, merci.

Elle ne put s'empêcher d'ajouter :

— N'en prends pas trop. N'oublie pas que tu vas voir Ryan.

Il n'abusait pas, n'était jamais ivre. Il avait trop peur pour ça ! Ce qui inquiétait sa femme, c'était la façon dont il se mettait à regarder la bouteille, comme si celle-ci ne l'impressionnait plus autant.

Pauvre Christine ! Elle aurait tant voulu aller avec lui pour le protéger ! Ce n'était pas nécessairement par amour pour lui, mais, comme sa mère, par esprit de devoir, ou encore parce qu'elle représentait la communauté. Non ? Ce n'était pas juste ?

Peut-être pas, après tout. Il n'insistait pas. Elle n'était pas amoureuse dans le plein sens du mot. Elle était incapable de passion. Qui sait ? Elle ne l'en aimait peut-être pas moins ?

Il en avait presque pitié, tant sa crainte en voyant Spencer boire son verre se peignait sur son visage. Si elle savait où trouver une voiture, peut-être le suivrait-elle pour le protéger contre lui-même ?

Eh bien ! non ! Zut ! Il le fit exprès d'avaler son whisky d'un trait et de s'en verser un second verre.

— Spencer !

Il la regarda comme s'il ne comprenait pas.

— Quoi ?

Elle n'osa pas insister. Son cousin Weston non plus, ce matin, à la poste, n'avait pas osé insister. Pourtant, avec Vaughan, Ashby n'avait rien dit. Il n'avait même pas pris une attitude menaçante. Il avait seulement regardé en face l'homme qui l'humiliait, puis il avait pris le temps de regarder un à un les autres autour de lui.

Qui sait si, dimanche, au service, il s'était retourné carrément pour les fixer dans les yeux, ce n'est pas eux qui auraient cessé tout à coup de chanter avec conviction et qui auraient perdu contenance ?

— Le voilà encore qui vient s'assurer qu'on ne la lui a pas volée ! ricana-t-il.

Ce n'était pas son ton habituel. Jamais on ne parlait de Katz, dont on voyait, en effet, la limousine noire se ranger devant sa maison. Christine le regarda avec surprise, avec une réelle inquiétude. Il sut qu'il l'avait choquée, mais, sans s'en inquiéter, il passa dans la chambre à coucher pour se donner un coup de peigne avant de partir.

Elle avait employé sa journée à coudre. Les femmes ne choisissent-elles pas ce travail, certains jours, pour l'air humble et méritant qu'il leur donne ?

— A tout à l'heure.

Il se pencha pour la baiser au front. Quant à elle, elle s'arrangea pour lui toucher le poignet du bout des doigts, comme un encouragement, ou comme pour conjurer le mauvais sort.

— Ne roule pas trop vite.

Il n'en avait pas l'intention. Ce n'était pas ainsi qu'il voulait mourir. Il se sentait bien, dans l'ombre de l'auto, à regarder le monde s'engloutir dans l'abîme lumineux de ses phares. Cela l'avait déçu, tout à l'heure, de voir arriver Katz, d'autant plus qu'il était improbable, cette fois, que ce soit seulement pour quelques heures. Après chaque voyage, il avait l'habitude de passer plusieurs jours chez lui, et c'était alors sa silhouette grasse qu'Ashby apercevait le matin, odieusement satisfaite, à la fenêtre de la chambre à coucher.

Ryan dut le faire exprès. Il n'y avait personne

dans l'antichambre quand Spencer arriva, à quatre heures précises. Il alla frapper à la porte, entrevit le coroner à son bureau, en train de téléphoner, tandis que miss Moeller s'encadrait dans l'entrebâillement de la porte et lui disait :

— Vous voulez bien aller vous asseoir un moment, Mr Ashby ?

Elle lui avait désigné une chaise dans la salle d'attente et on l'y avait laissé vingt minutes. Personne n'était entré dans le bureau. Personne n'en était sorti. Cependant, quand miss Moeller vint enfin le prier d'entrer, il y avait dans un coin un grand jeune homme aux cheveux coupés en brosse.

On ne le lui présenta pas. On fit comme s'il n'existait pas. Il resta assis dans l'ombre, ses longues jambes croisées. Il portait un complet sobre, très Nouvelle-Angleterre, avait cet air sérieux, détaché, des jeunes savants qui s'occupent de physique nucléaire. Cela n'était pas le cas, il s'en douta, mais il n'apprit que plus tard que c'était un médecin, un psychiatre, que Bill Ryan avait appelé comme expert.

Cela aurait-il changé son attitude s'il l'avait su plus tôt ? Probablement pas. Il regardait le coroner en face d'une façon qui finissait par gêner celui-ci.

Ryan n'était pas un homme à être bien fier de lui quand il regardait au fond de sa conscience. Est-ce que, sans son mariage, il en serait où il en était de sa carrière ? Il avait toujours fait ce qu'il fallait, y compris épouser qui il fallait épouser, se mettant du bon côté, riant quand il était utile de rire, s'indignant quand on lui demandait de s'indigner.

Il devait parfois lui en coûter de jouer les

hommes austères, car il avait une chair drue, un sang riche, sans doute de gros appétits. Avait-il trouvé un moyen de tout repos pour les satisfaire ? Etait-ce miss Moeller qui le soulageait ?

— Asseyez-vous, Ashby. Je ne sais pas si vous êtes au courant, mais, après une semaine d'enquête, nous en sommes au même point, pour ne pas dire que nous avons plutôt reculé. J'ai décidé de reprendre l'enquête à son début et il n'est pas impossible qu'une reconstitution des faits soit organisée un de ces jours.

» Vous n'oubliez pas que vous êtes le témoin principal. Ce soir, pendant que vous êtes ici, la police va se livrer à une petite expérience afin de s'assurer qu'un autre témoin, Mrs Katz, a réellement pu voir ce qu'elle prétend avoir vu. Bref, nous allons, cette fois, travailler sérieusement.

Il avait peut-être espéré le troubler, mais, au contraire, ce discours plus ou moins menaçant le mit à son aise.

— Je vais vous poser à nouveau, dans l'ordre, les questions que je vous ai posées lors de mon premier interrogatoire, et miss Moeller prendra note de vos réponses.

Elle n'était pas assise sur un canapé, cette fois, mais devant un bureau, et pourtant on voyait toujours une égale portion de ses jambes.

— Vous êtes prête, miss Moeller ?

— Quand vous voudrez.

— Je suppose, Ashby, que vous avez bonne mémoire ? Chacun imagine un professeur avec une excellente mémoire.

— Je n'ai pas celle des textes, si c'est cela que vous voulez dire, et suis incapable de réciter par cœur mes réponses de la semaine dernière.

Se pouvait-il qu'un homme comme Ryan fût

satisfait de lui-même ? Aux prochaines élections, il deviendrait juge et, dans une dizaine d'années, sénateur d'Etat, peut-être juge suprême du Connecticut, à vingt mille dollars par an. Des tas de gens, pas tous recommandables, l'avaient aidé à faire sa carrière, l'aideraient encore et se croyaient des droits sur lui.

— *A ce que votre femme nous a déclaré, le jour du meurtre, vous n'avez pas quitté votre maison de la soirée.*

— *C'est exact.*

Tout de suite, il retrouvait les mots. Contrairement à ce qu'il avait cru et déclaré à Ryan un peu plus tôt, les phrases étaient restées intactes dans sa mémoire, aussi bien les questions que les réponses, de sorte que cela devenait un jeu, cela ressemblait à ces textes qu'il entendait réciter chaque année à la même époque par les élèves.

— *Pourquoi ?*

— *Pourquoi quoi ?*

— *Pourquoi n'êtes-vous pas sorti ?*

— *Parce que je n'en avais pas envie.*

— *Votre femme vous a téléphoné que... etc., etc. Je passe, voulez-vous ?*

— Si vous le désirez. La réponse est :

» — *C'est vrai. Je lui ai répondu que j'allais me coucher !*

» C'est bien cela ?

Miss Moeller approuvait de la tête. Les répliques s'enchaînaient. Certaines, avec le recul, le frappaient.

— *Vous n'avez pas vu la jeune fille ?*

— *Elle est venue me dire bonsoir.*

Cela faisait penser à un rêve que l'on fait pour la seconde fois en se demandant si la similitude durera jusqu'au bout.

— *Elle vous a annoncé qu'elle allait se coucher ?*

Il regarda l'inconnu dans son coin avec l'impression que celui-ci l'observait d'une façon plus spéciale que précédemment, et il en oublia son texte, improvisa.

— Je n'ai pas entendu ce qu'elle a dit.

La première fois, son explication avait été plus longue. Peut-être à cause du soudain intérêt de l'homme à qui on ne l'avait pas présenté, ou encore à cause des mots « se coucher » qui avaient fait image, il revoyait Belle par terre, et tous les détails.

— Vous vous sentez fatigué ?

— Non. Pourquoi ?

— Vous paraissez las, ou soucieux.

Ryan s'était tourné vers son compagnon pour échanger un regard avec lui et, après coup, cela s'expliquait.

« Vous voyez ! » avait-il dû lui dire.

Foster Lewis, c'était son nom, ne parla pas. Pas une fois, il ne prit la parole. Son intervention n'était probablement pas officielle. Ashby ne connaissait pas la loi, mais supposait qu'une expertise officielle aurait eu lieu ailleurs, dans un hôpital ou dans un cabinet de consultation, pas avec une jeune fille présente, fût-elle la secrétaire du coroner.

Pourquoi, au fait, Ryan avait-il besoin de l'opinion d'un psychiatre ? Parce que le comportement d'Ashby lui avait paru anormal ? Ou simplement, parce que, à son sens, le meurtre de Belle ne pouvait avoir été accompli que par un déséquilibré et qu'il sollicitait l'avis d'un expert sur tous les suspects ?

Il ne se posait pas encore ces questions-là. On en était toujours au vieux texte.

— Quelle heure était-il ?

— Je ne sais pas.

— A peu près ?

— Je n'en ai pas la moindre idée.

— ...

— ...

— *Elle rentrait du cinéma ?*

— ...

On passait des répliques. On approchait de la fin.

— *Avait-elle son chapeau sur la tête et son manteau sur le dos ?*

— Oui.

— Comment ?

Il avait répondu sans penser, s'était trompé. Il rectifia.

— Pardon. J'ai voulu dire qu'elle portait son béret sombre.

— *Vous en êtes sûr ?*

— *Oui.*

— *Vous ne vous souvenez pas de son sac à main ?*

— ...

— ...

— *Elle avait des amoureux ?*

— *Elle avait des amis et des amies.*

Il savait maintenant que ce n'était pas vrai. Deux garçons, au moins, avaient fait l'amour avec elle. Peut-être pas tout à fait, sinon le journal se serait servi d'autres mots.

— A quoi pensez-vous ?

— A rien.

— *Vous ne savez pas si quelqu'un la poursuivait de ses assiduités ?*

— Je...

— J'écoute. Vous ?...

— Est-ce que je dois répondre comme la dernière fois ?

— Répondez la vérité.

— J'ai lu les journaux.

— Vous savez donc qu'elle avait des amoureux.

— Oui.

— Quelle a été votre réaction en l'apprenant ?

— J'ai d'abord été incrédule.

— Pourquoi ?

Ils n'étaient plus du tout dans le texte. Ils avaient déraillé l'un comme l'autre. Spencer improvisait, regardait Ryan dans les yeux, déclarait :

— Parce que j'ai cru longtemps à l'honnêteté des hommes et à l'honneur des filles.

— Vous voulez dire que vous n'y croyez plus ?

— En ce qui concerne Belle Sherman, certainement pas. Vous connaissez les faits, non ?

Alors le coroner, avançant son gros visage luisant :

— Et vous ?

3

On passait à un autre ordre de questions, au sujet desquelles Ryan avait des notes d'une autre écriture que la sienne sur une feuille de papier. Avant d'aller plus loin, il se tournait vers Foster Lewis, qui, dans son coin, gardait le même air absent, décidait assez gauchement :

— Je crois, miss Moeller, que vous pouvez aller taper cette partie de l'interrogatoire dans votre bureau.

Comment l'appelait-il dans l'intimité ? Elle avait de gros yeux, de grosses lèvres, de gros seins, un gros derrière qu'elle roulait en marchant. En passant devant Ashby, elle le regarda comme elle devait regarder tous les hommes, l'œil allumé, joua des hanches jusqu'au moment de disparaître dans la pièce voisine dont la porte resta entre-bâillée.

Ashby était fort à son aise. Il alla même vider sa pipe dans un cendrier qui se trouvait sur le bureau, presque sous le nez du coroner, le cendrier dont celui-ci se servait pour son cigare, ne revint vers son fauteuil qu'après avoir bourré et allumé une autre pipe, croisa les jambes comme le personnage muet aux cheveux en brosse.

— Vous remarquerez qu'à partir de maintenant je ne fais plus enregistrer vos réponses. Les questions que je désire vous poser sont, en effet, d'un ordre plus personnel.

Il paraissait s'attendre à des protestations de la part d'Ashby, qui s'en garda bien.

— Puis-je vous demander tout d'abord de quoi votre père est mort ?

Il le savait. Cela devait être inscrit sur le papier qui se trouvait devant lui et dont il avait peine à lire les lettres trop petites ou trop mal formées. Pourquoi tenait-il à le lui faire dire ? Pour connaître ses réactions ?

Afin de montrer qu'il avait compris, Ashby se tourna, pour répondre, vers le coin où se tenait Lewis.

— Mon père s'est donné la mort en se tirant un coup de pistolet dans la bouche.

Foster Lewis restait indifférent, lointain, mais Ryan avait des petits mouvements de la tête comme certains professeurs qui, à l'oral, encouragent leurs élèves préférés.

— Vous savez pourquoi il a agi ainsi ?

— Je suppose qu'il en avait assez de la vie, non ?

— Je veux dire : avait-il fait de mauvaises affaires, ou bien se trouvait-il devant des difficultés en quelque sorte accidentelles ?

— Si j'en crois ma famille, il avait gaspillé sa fortune et une bonne partie de celle de ma mère.

— Vous aimiez beaucoup votre père, Mr Ashby ?

— Je l'ai peu connu.

— Parce qu'il était rarement à la maison ?

— Parce que j'ai presque toujours été interne.

C'était à ce genre de question-là qu'il s'était attendu en voyant le papier, et aussi d'après

156

l'expression de Ryan. Il comprenait ce que celui-ci et son compagnon cherchaient, et cela ne l'impressionnait pas ; il s'était rarement senti si lucide, si désinvolte.

— Quelle idée vous êtes-vous faite de votre père ?

Il sourit.

— Quelle est votre opinion, à vous, Mr le coroner ? Je suppose qu'il ne s'entendait pas avec les autres et que les autres ne l'appréciaient pas.

— A quel âge est-il mort ?

Il dut chercher un instant dans sa mémoire et le résultat le frappa ; il dit, comme pudiquement :

— Trente-huit ans.

Trois ans de moins qu'il n'en avait à l'heure présente. Cela le gênait de penser que son père n'avait pas vécu autant que lui.

— Je suppose que vous préférez que je n'insiste pas sur un sujet qui doit vous être pénible.

Non. Pas pénible. Pas même désagréable. Mais il avait l'impression qu'il valait mieux ne pas le leur dire.

— Dans les écoles où vous êtes passé, Mr Ashby, vous êtes-vous fait beaucoup d'amis ?

Il prit la peine de réfléchir. Il avait beau être désinvolte, il ne prenait pas l'affaire à la légère.

— Des camarades, comme tout le monde.

— Je parle d'amis.

— Pas beaucoup. Très peu.

— Pas du tout ?

— Pas du tout, en effet, si l'on prend le mot dans son sens strict.

— Ce qui revient à dire que vous étiez plutôt solitaire ?

— Non. Pas précisément. J'ai appartenu aux

équipes de football, de base-ball, de hockey. J'ai même joué dans des pièces.

— Mais vous ne cherchiez pas la compagnie de vos camarades ?

— Peut-être ne cherchaient-ils pas la mienne ?

— A cause de la réputation de votre père ?

— Je ne sais pas. Je n'ai pas dit ça.

— Ne croyez-vous pas, Mr Ashby, que c'était vous qui étiez timide ou susceptible ? On vous a toujours considéré comme un brillant élève. Partout où vous êtes passé, vous avez laissé le souvenir d'un garçon intelligent, mais personnel, porté à la mélancolie.

Il pouvait voir, sur le bureau, des feuilles à en-tête de différentes écoles. On avait réellement écrit dans les endroits par lesquels il était passé pour avoir des renseignements de première main à son sujet. Qui sait ? Ryan avait peut-être sous les yeux ses notes en latin quand il était dans le huitième grade et les appréciations du proviseur à barbiche qui lui conseillait une carrière dans un laboratoire ?

D'après les journaux, on avait interrogé non seulement tous les jeunes gens et la plupart des jeunes filles du bourg, mais les habitués du cinéma, les marchands d'essence, les barmen à des milles à la ronde. En Virginie aussi, le F.B.I. avait fouillé le passé de Belle, y compris son passé scolaire, mettant ainsi en jeu des centaines de gens.

Or tout cela, ce travail gigantesque avait à peine demandé huit jours. N'était-ce pas une surprenante dépense d'énergie ? Cela lui rappelait un film scientifique qu'on avait projeté il n'y avait pas longtemps à l'école, montrant la formidable mobilisation des armées de globules blancs à l'approche de microbes étrangers.

Des milliers de gens mouraient chaque semaine d'accident le long des routes, des milliers agonisaient chaque nuit dans leur lit, et cela ne provoquait aucune fièvre dans le corps social. Mais une gamine, une Belle Sherman, était étranglée, et toutes les cellules se mettaient en effervescence.

N'était-ce pas parce que la survivance de la communauté, pour employer le mot de Christine, était en jeu ? Quelqu'un avait enfreint les règles. S'était mis en marge, avait défié les lois, et celui-là devait être découvert et châtié, parce qu'il était un élément de destruction.

— Vous souriez, Mr Ashby ?

— Non, Mr le coroner.

Il le faisait exprès de l'appeler par son titre, et Ryan en était dérouté.

— Cet interrogatoire vous paraît drôle ?

— Pas le moins du monde, je vous assure. Je comprends votre désir de vous assurer de mon équilibre mental. Vous remarquerez que j'ai répondu de mon mieux à vos questions. J'entends continuer.

Lewis, lui aussi, avait souri sans le vouloir. Ryan n'avait pas le doigté voulu pour mener une opération de ce genre. Il le sentait lui-même, s'agitait sur sa chaise, toussait, écrasait son cigare dans le cendrier et en allumait un autre, dont il crachait le bout par terre.

— Vous êtes-vous marié tard, Mr Ashby ?

— A trente-deux ans.

— C'est ce que de nos jours on appelle tard. Jusque-là, vous avez eu beaucoup d'aventures ?

Spencer se tut, interloqué.

— Vous n'avez pas entendu ma question ?

— Je dois répondre ?

— C'est vous qui en êtes le juge.

Miss Moeller devait écouter dans le bureau voisin, dont la porte ne s'était toujours pas refermée et où on n'entendait pas taper à la machine. Qu'est-ce que cela pouvait faire à Ashby, après tout ?

— Pour autant que je comprenne le mot que vous employez, je n'ai pas eu d'aventures, Mr Ryan.

— Des flirts ?

— Non. Surtout pas.

— Vous aviez plutôt tendance à fuir la compagnie des femmes ?

— Je ne la recherchais pas.

— Cela implique-t-il que, jusqu'à votre mariage, vous n'aviez pas eu de rapports sexuels ?

Il se tut encore. Pour quelle raison ne pas tout dire ?

— Ce n'est pas exact. Cela m'était arrivé.

— Souvent ?

— Mettons une dizaine de fois.

— Avec des jeunes filles ?

— Certainement pas.

— Des femmes mariées ?

— Avec des professionnelles.

Est-ce cela qu'ils tenaient à lui faire avouer ? Etait-ce si extraordinaire ? Il n'avait eu aucune envie de se compliquer l'existence. Une seule fois, il lui était arrivé... Mais on ne le lui demandait pas.

— Depuis votre mariage, avez-vous eu des relations avec d'autres femmes que la vôtre ?

— Non, Mr Ryan.

Il était à nouveau enjoué. Un homme comme Ryan parvenait, sans le vouloir, à lui donner une

160

sensation de supériorité qu'il avait rarement connue.

— Je suppose que vous allez m'affirmer ne jamais vous être intéressé à Belle Sherman pendant le temps qu'elle a vécu sous votre toit ?

— Certainement. Je me suis à peine rendu compte de son existence.

— Vous n'avez jamais été malade, Mr Ashby ?

— La rougeole et la scarlatine quand j'étais jeune. Une bronchite il y a deux ans.

— Pas de troubles nerveux ?

— A ma connaissance. Je me suis toujours considéré personnellement comme sain d'esprit.

Il avait peut-être tort de prendre cette attitude. Non seulement ces gens-là se défendent, mais ils ne sont pas scrupuleux sur le choix des armes, car ils sont la loi. En l'occurrence, leur importait-il tellement de trouver le coupable ? N'importe quel coupable ne ferait-il pas l'affaire ?

De quoi s'agissait-il ? De punir. Mais punir de quoi ?

Ashby, en réalité, n'était-il pas aussi dangereux à leur point de vue que l'homme qui avait violé et étranglé Belle ? Celui-là, à en croire le vieux Mr Holloway, qui avait de l'expérience, allait se tenir tranquille pendant des années, menant une existence assez exemplaire pour que personne ne soit tenté de le soupçonner. Peut-être seulement un jour, dans dix ans ou dans vingt, si l'occasion se présentait, recommencerait-il.

La belle affaire, puisque ce n'était pas la victime qui comptait, puisqu'ils n'en étaient pas à un cadavre près !

C'était une question de principe. Or, depuis une semaine, ils étaient persuadés que Spencer Ashby, professeur à *Crestview School*, avait cessé d'être un des leurs.

— Je crois que je n'ai plus de questions à vous poser.

Qu'allaient-ils faire ? L'arrêter sur-le-champ ? Pourquoi pas ? Il en avait la gorge un peu serrée, car c'était quand même assez impressionnant. Il commençait même à regretter d'avoir parlé avec tant de désinvolture. Il les avait peut-être blessés. Ces gens-là ne craignent rien autant que l'ironie. Il est à recommander de répondre sérieusement aux questions qu'ils croient sérieuses.

— Qu'est-ce que vous en pensez, Lewis ?

C'est alors que le nom fut enfin prononcé, que Ryan vendit la mèche, en prenant un air bon enfant, un tantinet malicieux.

— Vous avez certainement entendu parler de lui, Ashby. Foster Lewis est un des plus brillants psychiatres de la jeune école et je lui ai demandé, en ami, d'assister à quelques-uns des interrogatoires qui ont trait à cette affaire. Je ne sais pas encore ce qu'il pense de vous. Vous remarquerez que nous n'avons pas eu de conciliabules à voix basse. Pour ce qui est de moi, vous avez passé brillamment votre examen.

Le médecin s'inclina en souriant poliment.

— Mr Ashby est certainement un homme intelligent, dit-il à son tour.

Et Ryan d'ajouter, non sans une certaine naïveté :

— J'avoue que j'ai été content de le trouver plus calme que la dernière fois. Lorsque je l'ai interrogé chez lui, il était si tendu, si... intense, si je puis dire, qu'il m'avait laissé une impression pénible.

Ils étaient debout tous les trois. On ne semblait pas devoir l'arrêter ce soir. A moins que Ryan, trop lâche pour agir en face, lui fasse barrer le chemin par le sheriff au bas de l'escalier. Il en était capable.

— Ce sera tout pour aujourd'hui, Ashby. Je continue l'enquête, comme il se doit. Je continuerai aussi longtemps que ce sera nécessaire.

Il lui tendit la main. Etait-ce bon signe ou mauvais signe ? Foster Lewis tendit à son tour une main longue et osseuse.

— J'ai été enchanté...

Miss Moeller ne sortit pas du bureau voisin, où elle s'était mise enfin à taper. Le bâtiment avait eu le temps de se vider et quelques lampes, seules, restaient allumées, surtout dans les couloirs et dans le hall. Des portes étaient ouvertes sur des pièces vides où n'importe qui aurait pu aller farfouiller dans les dossiers sans être dérangé. C'était une curieuse sensation. Il lui arriva d'entrer par erreur dans une salle de tribunal qui avait les mêmes murs blancs, les mêmes boiseries de chêne, les mêmes bancs, la même simplicité austère que leur église.

On ne l'arrêtait décidément pas. Personne ne le guettait près de la porte de sortie. Personne ne le suivait non plus dans la rue principale où, au lieu de se diriger vers sa voiture, il chercha un bar des yeux.

Il n'avait pas soif. Il n'avait pas particulièrement envie d'alcool. C'était un acte très délibéré, très froid, qu'il faisait, une sorte de protestation. Tout à l'heure, déjà, en présence de Christine inquiète, il l'avait fait exprès de vider deux verres de scotch.

Si elle avait tant insisté pour l'accompagner à Litchfield, n'était-ce pas par crainte qu'il soit tenté de faire... ce qu'il faisait ?

Pas tout à fait, il ne fallait pas la noircir à plaisir.

Elle avait pensé que l'interrogatoire serait pénible, qu'il se sentirait peut-être déprimé ensuite, et elle s'était proposé d'être là pour le remonter.

Mais aussi, quand même, pour l'empêcher de boire. Peut-être de faire pis ! Elle n'était pas si sûre de lui. Elle appartenait au bloc. Elle en était, avait-il envie de dire, une des pierres angulaires.

En principe, elle avait confiance en lui. Mais n'y avait-il pas des moments où elle réagissait comme son cousin Weston ou comme Ryan ?

Car Ryan ne le croyait pas innocent du tout. C'est même pour ça qu'il avait été si jovial à la fin. Il était persuadé qu'Ashby avait commencé à s'enfoncer. Ce n'était plus qu'une question de temps, de ruse, et lui, Ryan, finirait par l'avoir et par aller porter à l'attorney général un cas inattaquable.

Il tombait des flocons de neige légers. Les magasins étaient fermés, les étalages éclairés et, dans la vitrine d'une maison de confection pour dames, trois mannequins nus se dressaient étrangement, avec l'air de faire la révérence aux passants.

Il y avait un bar au coin de la rue, mais il risquait d'y rencontrer des gens qu'il connaissait et il n'avait pas envie de parler. Peut-être Ryan et Foster Lewis étaient-ils en train d'y discuter son cas ? Il préféra marcher jusqu'au troisième carrefour, pénétrer enfin dans la chaleur et dans la lumière douce d'une taverne où il n'avait jamais mis les pieds.

La télévision fonctionnait. Sur l'écran, un monsieur assis devant une table lisait le dernier bulletin de nouvelles en levant parfois la tête pour regarder devant lui, comme s'il pouvait voir les spectateurs. Au bout du comptoir, deux hommes, dont un en tenue de travail, discutaient de la construction d'une maison.

Ashby mit les coudes sur la barre, regarda les bouteilles faiblement éclairées et finit par en désigner une, d'une marque de whisky qu'il ne connaissait pas.

— C'est bon ?

— Puisqu'on en vend, c'est qu'il y en a qui aiment ça.

Les autres ne soupçonnaient pas l'effet que cela lui produisait d'être là. Ils y étaient habitués. Ils ne savaient pas qu'il y avait des années qu'il ne s'était pas trouvé dans un bar et que, d'ailleurs, cela lui était rarement arrivé dans sa vie.

Un détail le fascinait : le meuble ventru, vitré, plein de disques et de rouages brillants autour duquel tournaient des lumières rouges, jaunes et bleues. Si la télévision n'avait pas fonctionné, il y aurait glissé une pièce de monnaie afin de voir marcher l'appareil.

Pour la plupart des gens, c'était un objet familier. Pour lui, qui n'en avait vu qu'une fois ou deux, cela avait, Dieu sait pourquoi, quelque chose de vicieux.

Le whisky aussi, dont le goût n'était pas le même que chez lui. Et le décor, le sourire du barman, sa veste blanche empesée, tout cela qui faisait partie d'un monde défendu.

Il ne se posait pas la question de savoir pourquoi c'était défendu. Certains de ses amis fréquentaient les bars. Weston Vaughan, le cousin de Christine, pourtant considéré comme un homme très bien, y allait boire un cocktail à l'occasion. Christine ne lui en avait fait aucune défense, à lui non plus.

C'était lui, lui seul, qui s'était imposé des tabous. Peut-être parce que certaines choses n'avaient pas la même signification pour lui que pour les autres ?

L'ambiance dans laquelle il se trouvait en ce moment, par exemple ! Il venait déjà de faire un signe pour qu'on remplisse son verre. Ce n'était pas cela qui était grave. Le bar se trouvait dans une rue de Litchfield, à douze milles de chez lui. Eh bien ! pour lui, à cause du décor, de l'odeur, de ces lumières autour du phonographe, il n'était plus nulle part, c'était comme si on avait soudain coupé ses attaches.

Il était rare qu'ils voyagent la nuit en voiture, Christine et lui, mais c'était arrivé. Une fois, entre autres, ils étaient allés à Cape Cod. Sur la grand-route, il y avait deux rangs, voire trois rangs d'autos dans chaque sens, avec les phares qui vous entraient leurs lumières dans la tête, des gouffres noirs des deux côtés, parfois seulement l'îlot rassurant d'une pompe à essence, d'autres fois de ces enseignes au néon, bleues et rouges, qui annonçaient des bars ou des night-clubs.

Christine avait-elle jamais deviné que cela lui donnait le vertige ? Un vertige physique d'abord. Il lui semblait toujours qu'il finirait par s'écraser sur une de ces machines qui ne l'évitaient que par miracle et qui faisaient, à sa gauche, un bruit continu, menaçant.

C'était si assourdissant qu'il devait crier pour se faire entendre par sa femme.

— Je tourne à droite ?

— Non. A la prochaine.

— Il y a pourtant un poteau indicateur.

Elle lui criait dans l'oreille, elle aussi.

— Ce n'est pas le bon !

Il lui arrivait de tricher. N'était-ce pas étrange de tricher contre une règle qui n'existait pas, que personne n'avait établie ? Il prétendait tout à coup qu'il devait s'arrêter pour un petit besoin, et cela lui permettait de se plonger un instant dans l'atmosphère épaisse d'un bar, de surprendre des hommes accoudés, les yeux vagues, des couples dans le clair-obscur des boxes.

— Un scotch ! commandait-il en passant.

Car, comme par honnêteté, il courait à la toilette. C'était souvent sale. Parfois il y avait des mots écrits sur les murs et des dessins obscènes.

Quels repères aurait-on eus, la nuit, sur les grand-routes, s'il n'y avait pas eu ces établissements-là et les pompes à essence ? Rien d'autre n'était éclairé. Les villages ou les petites villes étaient presque toujours assoupis à l'écart.

Quelquefois, près d'un des bars, une silhouette se détachait de l'ombre au passage des autos, un bras se levait, qu'on faisait semblant de ne pas voir. Il arrivait que ce fût une femme qui sollicitait ainsi d'être transportée plus loin et de payer le prix qu'on voudrait.

Pour aller où ? Pour quoi faire ? Cela n'avait pas d'importance, et ils étaient des milliers, des hommes et des femmes, qui vivaient de la sorte en marge de la route.

C'était encore plus impressionnant quand on entendait la sirène d'une auto de la police qui s'arrêtait brusquement avec un grand bruit de freins devant une silhouette qu'on emmenait comme un mannequin. La police ramassait les morts de la même façon, les morts par accidents et les autres, et, dans certains bars où ils entraient, les hommes en uniforme se servaient de leur matraque.

Une fois, au petit matin, alors que le soleil n'était pas levé, dans la banlieue de Boston qu'il

traversait, il avait assisté à une espèce de siège :
un homme tout seul sur un toit et de la police partout dans les rues d'alentour, des pompiers, des
échelles, des projecteurs.

Il n'avait pas parlé de ça à Ryan ni à Foster
Lewis. Cela valait mieux. Surtout que, dans la
scène de Boston, c'est l'homme sur le toit qu'il
avait envié.

Le barman le regardait avec l'air de lui demander s'il désirait un troisième verre, le prenant pour
un de ces ivrognes solitaires qui viennent faire leur
plein en quelques minutes et s'en vont, satisfaits,
d'une démarche molle. Il y en a beaucoup. Il y en
a aussi qui veulent se battre et d'autres qui
pleurent.

Il n'appartenait ni à l'une ni à l'autre de ces caté-
gories.

— Combien ?
— Un dollar vingt.

Ce n'est pas parce qu'il s'en allait de là qu'il avait
l'intention de rentrer chez lui. Peut-être était-ce la
dernière soirée qu'il avait à passer avant que Ryan
décide de l'arrêter. Ce qui arriverait alors, il l'ignorait. Il se défendrait, prendrait un avocat de Hartford. Il était persuadé qu'on n'irait pas jusqu'à le
condamner.

En marchant dans la rue, il pensa à Sheila Katz,
parce qu'une petite fille juive le croisait au bras de
sa mère. Il se retourna pour la regarder, et elle
avait un long cou mince, elle aussi. Il bourra une
pipe, aperçut devant lui l'intérieur brillant d'une
cafeteria. Tout était blanc, les murs, les tables, le
bar, et, dans tout ce blanc, il n'y avait que
miss Moeller en train de manger au comptoir. Elle
lui tournait le dos. Elle avait une toque en écureuil
sur la tête et de la fourrure aussi à son manteau.

Pourquoi ne serait-il pas entré ? Il avait l'impression que c'était un peu son jour, qu'il avait tous les droits. Son escapade était préméditée. Il savait, en baisant sa femme au front, que la soirée ne serait pas comme les autres.

— Comment allez-vous, miss Moeller ?

Elle se retourna, surprise, un hot-dog baveux de moutarde à la main.

— C'est vous ?

Elle n'avait pas peur. Elle était un peu surprise, sans doute, de ce qu'un homme comme lui fréquentât ce restaurant-là.

— Vous vous asseyez ?

Mais oui. Et il commanda du café, un hot-dog aussi. Ils se voyaient tous les deux dans la glace. C'était amusant. Miss Moeller avait l'air de le trouver drôle, et cela ne le fâchait pas.

— Vous n'en voulez pas trop à mon patron ?

— Je ne lui en veux pas du tout. Il fait son métier, cet homme.

— Il y en a souvent qui ne le prennent pas ainsi. En tout cas, vous vous en êtes magnifiquement tiré.

— Vous croyez ?

— Quand je les ai revus, ils paraissaient satisfaits tous les deux. J'aurais cru que vous seriez rentré tout de suite chez vous.

— Pour quelle raison ?

— Je ne sais pas. Ne fût-ce que pour rassurer votre femme.

— Elle n'est pas inquiète.

— Alors, mettons par habitude.

— De quelle habitude parlez-vous, miss Moeller ?

— Vous avez une drôle de façon de poser les questions. L'habitude d'être chez vous, si vous voulez. Je ne me figurais pas que vous...

— Que j'étais un monsieur qu'on peut rencontrer en ville après le coucher du soleil, c'est bien ça ?

— A peu près.

— Pourtant je sors d'un bar où j'ai bu deux whiskies.

— Tout seul ?

— Hélas ! je ne vous avais pas encore rencontrée. Mais, tout à l'heure, si vous le permettez, je me rattraperai. Qu'avez-vous à rire ?

— Rien. Ne me posez pas de questions.

— Je suis ridicule ?

— Non.

— Je m'y prends mal ?

— Ce n'est pas cela non plus.

— Vous pensez à quelque chose de comique ?

D'un mouvement familier, comme s'ils sortaient ensemble depuis toujours, elle lui posa la main sur le genou, et sa main était chaude, elle ne la retirait pas tout de suite.

— Je crois que vous ne ressemblez pas beaucoup à l'idée que les gens se font de vous.

— Quelle idée se font-ils ?

— Vous ne le savez pas ?

— Celle d'un monsieur ennuyeux ?

— Je ne dis pas ça.

— Austère ?

— Sûrement.

— Qui déclare au cours de son interrogatoire qu'il ne lui est jamais arrivé de tromper sa femme ?

Elle avait écouté à la porte, car elle ne sourcilla pas. Elle avait fini de manger et elle était occupée à s'écraser du rouge sur les lèvres. Il avait déjà remarqué ce genre de bâton-là et lui avait trouvé quelque chose de sexuel.

170

— Vous avez l'impression que j'ai tout dit à Ryan ?

Elle en fut malgré tout un peu interloquée.

— J'ai supposé... commença-t-elle, les sourcils froncés.

Il craignit de l'avoir inquiétée, et ce fut son tour de poser la main, non sur sa cuisse, il n'osait pas tout de suite, mais sur le gras de son bras.

— Vous aviez raison. Je plaisantais.

Elle lui lança un regard en coin qu'il reçut avec une expression si neutre, il fut tellement Spencer Ashby, professeur à *Crestview School* et mari de Christine, qu'elle pouffa de rire.

— Enfin... soupira-t-elle comme en réponse à ses propres pensées.

— Enfin quoi ?

— Rien. Vous ne pouvez pas comprendre. Maintenant, il faut que je vous quitte pour rentrer chez moi.

— Non.

— Hein ?

— Je dis non. Vous m'avez promis de prendre un verre avec moi.

— Je n'ai rien promis. C'est vous qui...

C'était justement ce jeu-là qu'il n'avait jamais voulu jouer et qui lui paraissait soudain si facile. Ce qui importait, c'était de rire ou de sourire, de dire n'importe quoi en évitant de laisser tomber le silence.

— Fort bien. Puisque c'est moi qui ai promis, je vous emmène. Loin d'ici. Etes-vous déjà allée au *Little Cottage* ?

— Mais c'est à Hartford !

— Près de Hartford, oui. Vous y êtes déjà allée ?

— Non.

— Nous y allons.

— C'est loin.

— A peine une demi-heure d'auto.

— Il faut que je prévienne ma mère.

— Vous lui téléphonerez de là-bas.

On aurait juré qu'il avait l'expérience de ces sortes d'aventures. Il avait l'impression de jongler. Les flocons, dehors, étaient plus épais et plus serrés. Tout le long des trottoirs, il y avait des pas profonds dans la nouvelle neige.

— Supposez qu'un blizzard se lève et que nous ne puissions pas revenir ?

— Nous serions condamnés à passer la nuit à boire, répondit-il sérieusement.

Le toit de sa voiture était blanc. Il fit passer sa compagne devant lui, lui tenant la portière ouverte, et alors seulement, comme il la touchait sous prétexte de l'aider, il se rendit compte qu'il était bel et bien en train d'emmener une femme dans son auto.

Il n'avait pas téléphoné à Christine. Elle avait déjà dû appeler Ryan à son domicile. Non ! Elle n'avait pas osé, par crainte de le compromettre. Elle n'avait donc pas la moindre idée de ce qui le retenait. Elle devait se lever toutes les cinq minutes, aller regarder à la fenêtre derrière laquelle les flocons tombaient lentement sur un fond de velours noir. De l'intérieur cela ressemblait toujours à du velours.

Il faillit tout arrêter. C'était stupide. Il n'avait pas fait ça sérieusement. Il n'avait pas prévu qu'il réussirait, qu'elle accepterait de le suivre.

Maintenant, elle était assise à côté de lui dans la voiture, assez près pour qu'il sente sa chaleur, et elle disait naturellement, comme si le moment était arrivé de dire ça :

— On m'appelle Nina.

Il s'était donc trompé quand il avait cru qu'elle s'appelait Gaby ou Bertha. Cela se valait, d'ailleurs.

— Vous, c'est Spencer. J'ai assez de fois tapé votre nom pour le connaître. Ce qu'il y a d'ennuyeux avec ce prénom-là, c'est que je ne vois pas la possibilité d'un diminutif. On ne peut quand même pas dire Spen. Comment votre femme vous appelle-t-elle ?

— Spencer.

— Je comprends.

Elle comprenait quoi ? Que Christine n'était pas la femme à employer un diminutif ni à prendre, à certains moments, une voix de bébé ?

Il était réellement saisi de panique. Une panique physique. Au point qu'il n'avait pas le courage de tendre le bras pour tourner la clef de contact.

Il se trouvait encore en ville, entre deux rangs de maisons, avec des trottoirs, des gens qui marchaient, des familles en train de passer la soirée derrière les fenêtres éclairées. Il y avait probablement un agent de police au coin de la rue.

Elle dut se méprendre sur son hésitation. Ou peut-être voulut-elle commencer à payer d'avance ? C'était une bonne fille.

Elle avança son visage vers lui d'un geste brusque, colla ses grosses lèvres aux siennes et lui enfonça dans la bouche une langue chaude et mouillée.

4

La dernière fois qu'il regarda l'heure, il était dix heures moins dix. C'était à peu près impossible maintenant que Christine n'eût pas téléphoné à Ryan. Elle avait dû lui dire qu'elle était inquiète, qu'il n'était pas encore rentré. Et Ryan avait sans doute téléphoné à son tour à la police. A moins que Christine l'eût fait elle-même. Peut-être aussi avait-elle emprunté une auto pour se mettre à sa recherche ? Mais chercher où ? Dans ce cas, c'était vraisemblablement à son cousin Weston qu'elle avait demandé sa voiture.

Même, si elle avait fait ça, elle était rentrée chez elle à l'heure qu'il était. Il n'y avait jamais que trois ou quatre bars à Litchfield, deux restaurants. Personne ne devait avoir l'idée de se renseigner dans la *cafeteria* où il avait mangé un hot-dog avec Anna Moeller.

Il n'était pas ivre, pas du tout. Il avait bu six ou sept verres, il ne savait plus au juste combien, mais tout cela ne lui faisait aucun effet, il restait lucide, pensait à tout, gardait à l'esprit un tableau précis de la situation.

Si on le savait en compagnie de la secrétaire de Ryan, on ne tarderait pas à le retrouver, car Anna avait téléphoné à sa mère dès qu'ils étaient arrivés au *Little Cottage*. Il n'avait pas osé la suivre dans la cabine. Il ne lui avait pas non plus demandé si elle avait parlé de lui, ou de l'endroit où ils étaient. Il valait mieux faire attention.

Elle avait eu une phrase curieuse, une demi-heure plus tôt. Elle était déjà très lancée. Elle avait bu autant que lui. C'était elle, en réalité, qui ne voulait plus repartir, bien qu'il lui eût proposé à deux reprises de la ramener chez elle. Elle était en train de lui mordiller le bout de l'oreille quand elle avait dit, sans raison, sans que cela réponde à quoi que ce soit, comme on dit des choses qu'on a sur le cœur :

— Tu as de la chance que je travaille chez le coroner. Il n'y a pas beaucoup de filles qui oseraient sortir avec toi en ce moment !

Le *Little Cottage* n'était pas tout à fait comme il l'avait imaginé en lisant le journal de Danbury. On n'avait parlé que du bar, sans mentionner la seconde salle qui se trouvait derrière et qui était la plus importante. Cela devait exister ailleurs aussi, cela devait même être courant, puisque Anna Moeller, qui n'était jamais venue ici, l'avait conduit tout de suite dans cette pièce.

Elle était moins éclairée que la première, seulement par de petits trous dans le plafond qui figuraient des étoiles, et, autour de la piste, il y avait des compartiments comportant chacun une banquette en demi-cercle et une petite table.

L'établissement était presque vide. Il devait surtout être fréquenté le samedi et le dimanche. Pendant un temps, ils avaient été seuls. Le barman ne portait pas la veste blanche, mais une chemise à manches retroussées. Il était très brun de cheveux. C'était visiblement un Italien d'origine.

A cause de sa déposition au sujet d'un couple qui était venu chez lui la nuit de la mort de Belle, Ashby s'était figuré qu'il allait le regarder de travers, peut-être lui poser des questions. Or il n'en avait rien été. Il fallait donc croire qu'Anna et lui ressemblaient aux clients habituels. Anna sûrement. Elle était tout à fait chez elle. Elle buvait sec. Entre les danses, elle se collait contre lui de toute sa chair, au point qu'il en avait un côté du corps meurtri, et elle vidait les deux verres, le léchait derrière l'oreille ou le mordillait.

D'où ils étaient, ils ne voyaient pas le bar, mais le barman, lui, pouvait les apercevoir par un judas. Ashby, chaque fois qu'il entendait la porte s'ouvrir, à côté, s'attendait à ce que ce fût la police. Il avait remarqué, dans un coin du comptoir, une petite radio qui jouait en sourdine. Le danger pouvait venir de là aussi. On le cherchait inévitablement. Comment ne pas être persuadé, à présent, qu'il était en fuite, et par conséquent que c'était lui qui avait tué Belle ?

Il ne faisait rien pour changer ou pour influencer le cours des événements. Quand Anna lui disait le titre d'une chanson, il allait mettre l'argent dans le phono automatique, le même appareil qui le faisait tant rêver, bien lisse, avec des lumières de couleur qui couraient autour.

Elle l'avait forcé à danser. Toutes les dix minutes, elle réclamait une nouvelle danse, surtout quand il y avait un autre couple dans un des boxes. Deux de ces boxes avaient été occupés pendant environ une demi-heure chacun. Une des filles, quand elle dansait, qui était toute petite, vêtue de noir, avait la bouche soudée à celle de son cavalier, elle ne la décollait pas de toute la danse, paraissant littéralement suspendue à l'homme par les lèvres.

Est-ce ainsi que cela se passait dans tous les bars dont il avait tant regardé les enseignes lumineuses le long des routes ?

Il dansait, sentant sur sa peau l'odeur des fards de sa compagne et aussi l'odeur de sa salive. Elle se rivait à lui d'une manière savante, avec des mouvements déterminés, sans cacher qu'elle avait un objectif précis, et, quand elle l'avait atteint, partait d'un drôle de rire.

Elle était contente d'elle.

La police était-elle vraiment à leur recherche ?

Christine était loin de se figurer qu'il se trouvait ici avec une fille dont il avait pour la première fois remarqué les grosses jambes pendant que Ryan était occupé à l'interroger chez eux. Il avait eu tort de l'emmener. Cela avait été, de sa part, comme une boutade. Il n'avait pas cru qu'elle accepterait, qu'elle le prendrait au sérieux. Après un premier verre, il avait essayé de corriger son erreur en proposant de la reconduire.

C'était trop tard. Elle devait être ainsi toutes les fois. Il lui avait demandé :

— Vous êtes déjà sortie avec Ryan ?

Elle avait répondu avec un rire de gorge qui le gênait :

— Qu'est-ce que vous croyez ? Que je suis vierge ?

Probablement à cause de l'air sérieux qu'il avait à ce moment-là, c'était devenu un jeu, une scie.

— Répondez franchement. Vous avez pensé que j'étais vierge ? Vous le pensez encore ?

Il n'avait pas compris tout de suite où elle voulait en venir. Il avait discuté. De sorte qu'il avait fallu tout un temps à la pauvre fille pour atteindre son but. Alors elle avait eu un regard machinal au judas pour s'assurer que le barman ne les regardait pas.

Ce n'était pas ce qu'il avait rêvé. Il n'avait pas envie d'elle. Il avait imaginé sa soirée autrement, avec un autre genre de femme.

Est-ce que Belle était différente ?

Il ne la revoyait que par terre, quoi qu'il fît, et Anna était loin de se douter de ce qu'il pensait.

La fille qui pleurait en buvant, celle dont le barman avait parlé à la police, devait être différente aussi. Etait-elle venue dans la seconde salle ? Il essayait de se remémorer les détails de la déposition.

Il avait le visage brûlant et, depuis le moment où il était monté dans la voiture avec Anna, à Litchfield, sa poitrine était oppressée. Il avait cru que cela passerait en buvant, mais l'alcool n'y changeait rien. C'était nerveux. Il aurait voulu freiner, comme sur une pente, et parfois il en avait la respiration coupée.

Anna Moeller dirigeait les événements, faisait probablement ce qu'elle avait l'habitude de faire.

— Chut !... disait-elle chaque fois qu'il parlait de partir. Ne sois pas si impatient.

Il crut comprendre. Dans son esprit à elle, s'il voulait s'en aller, c'était pour d'autres exercices qui devaient se dérouler ailleurs, quand on quittait le bar. Autrement dit, dans l'auto, comme il l'avait toujours supposé.

Cela l'effrayait un peu et, à son tour, il reculait le départ. Ne serait-ce pas bête, pourtant, de se faire prendre là où il était sans être allé jusqu'au bout ?

Si Katz n'était pas revenu ce jour-là, il aurait laissé Anna en plan. Il avait son idée. Avant d'arriver chez lui, il aurait abandonné sa voiture au bord de la route et il se serait approché sans bruit. Il avait observé les ouvriers. Il savait où étaient les fils et les appareils d'alarme. Au premier étage, il y avait une fenêtre à vitre dépolie, la fenêtre d'une salle de bains, qui n'était jamais tout à fait fermée et à laquelle on n'avait pas travaillé. Quant à trouver une échelle, il en avait une dans son propre garage.

En entrant dans la chambre sur la pointe des pieds, il aurait chuchoté, avec toute la tendresse du monde dans sa voix :

— N'ayez pas peur...

Et Sheila, endormie, l'aurait reconnu. Elle ne se serait pas effrayée. Elle aurait balbutié :

— C'est vous ?

Parce que, dans l'histoire qu'il se racontait, elle n'était pas surprise, elle l'attendait, sûre qu'il viendrait un jour, et, sans allumer la lampe, elle ouvrait ses bras chauds, ils sombraient tous les deux dans une étreinte profonde comme un abîme ; c'était si extraordinaire, si exaltant, que cela valait d'en mourir.

— A quoi penses-tu ?

— A rien.

— Tu es encore aussi impatient ?

Et, comme il cherchait une réponse :

— Je parie que tu as le trac.

Elle était à nouveau appuyée sur lui de tout son poids et jouait avec sa cravate.

— C'est vrai, ce que tu as dit à Ryan ?

Pourquoi l'histoire de Sheila finissait-elle par l'image de Belle, par terre dans sa chambre ? Ce n'était pas la première fois qu'il se la racontait. On aurait dit qu'il n'imaginait pas la possibilité d'une autre fin. Cela n'aurait plus été un paroxysme.

Les sourcils froncés, il était en train de rechercher dans sa mémoire les mots de Lorraine.

« *Ce qu'ils appellent l'amour, c'est un besoin de salir, rien d'autre...* »

C'était peut-être vrai avec Sheila aussi. Dans le déroulement des événements imaginaires, il y avait un petit fait qui aurait pu corroborer cette idée.

« *Crois-moi*, avait ajouté la mère de Belle, *c'est comme si ça les purgeait de leurs péchés et comme si ça les rendait plus propres.* »

Etaient-ce ses péchés qu'Anna lui léchait sur la figure, qu'elle lui pompait de la bouche ? Elle agissait de même avec tous les hommes qui lui proposaient de la sortir. Elle avait tellement envie de se montrer gentille et de le rendre heureux.

— Encore une seule danse, tu veux ?

Il ne savait plus s'il avait hâte de s'en aller pour ce qu'elle imaginait ou pour en avoir plus vite fini avec cette soirée. Les deux, sans doute. Ses idées avaient beau être nettes, plus aiguës qu'on ne les a d'habitude, l'alcool n'en avait pas moins produit un décalage.

— Tu as vu ?

— Non. Quoi ?

— Les deux, à gauche.

Un jeune homme et une jeune fille étaient assis côte à côte, et l'homme avait le bras passé autour des épaules de sa compagne, celle-ci appuyait la tête sur son compagnon, et tous les deux restaient immobiles, sans rien dire, les yeux ouverts, une expression de calme ravissement sur le visage.

Il n'avait jamais été ainsi. Il ne le serait sans doute jamais. Avec Sheila, peut-être qu'il aurait pu. Mais il aurait fallu que, le lendemain, elle ne redevienne pas une femme comme une autre.

Savait-il déjà qu'il ne rentrerait jamais chez lui ? Il ne se posait pas la question. Quand il paya le barman, cependant, et qu'il remarqua sur les bras de celui-ci un tatouage représentant une sirène, il eut comme une bouffée de la grand-route aux trois rangs d'autos dans chaque sens et la nostalgie des silhouettes qui, de loin en loin, tendent le bras dans le noir.

Avant de traverser le bar, elle lui essuya le rouge autour de la bouche et, dehors, prit naturellement son bras pour franchir l'espace éclairé au-delà duquel les voitures étaient parquées.

La neige était devenue assez épaisse pour que les pas ne se marquent plus en noir. L'auto en était sertie. Quand il ouvrit la portière glacée, ses doigts tremblaient d'énervement.

N'était-ce pas comme cela que cela devait se passer ? Anna n'était pas surprise. Il se rappelait les visages blafards entrevus la nuit à l'arrière des autos et c'est à l'arrière qu'elle montait.

— Attends. Laisse-moi d'abord m'arranger...

Il en avait envie, puisqu'il avait fait tout ce qu'il avait fait. Et mille fois, dans le cours de son existence, il avait souhaité une minute comme celle-ci. Pas nécessairement une Anna. Mais quelle était la différence ?

« *C'est un besoin de salir...* » avait dit Lorraine.

Alors tout était parfait, car Anna, elle, mettait une sorte de frénésie à se salir.

« *... Comme si ça les purgeait de leurs péchés...* »

Il voulait. Il fallait que cela se passe. Il était trop tard pour qu'il en soit autrement. D'une minute à l'autre, une voiture de la police pouvait s'arrêter à côté de la sienne et, de toute façon, désormais, on serait persuadé qu'il était coupable.

Une seconde, une seule, il se demanda si tout

cela n'était pas un piège, si Anna n'était pas d'accord avec Ryan et le psychiatre, si elle n'avait pas été placée exprès sur son chemin afin de savoir comment il réagirait. Peut-être qu'au dernier instant...

Mais non. Elle en avait plus besoin que lui, maintenant. Il était stupéfait de la voir torturée par des démons qu'il n'avait jamais soupçonnés et de l'entendre l'implorer avec des mots qu'il croyait impossibles, des gestes qui le figeaient.

Il fallait que cela ait lieu, coûte que coûte. Il le voulait. Qu'elle lui donne seulement le temps de s'habituer. Ce n'était pas sa faute. Il avait beaucoup bu. Elle n'aurait pas dû prononcer certains mots.

Si elle se taisait, si elle ne bougeait plus, si elle lui permettait de retrouver le fil de son rêve avec Sheila...

— Attends... Attends... lui soufflait-il sans savoir qu'il parlait.

Et alors, comme il s'agitait, peut-être grotesque, avec des larmes d'impuissance dans les yeux, elle se mit à rire, d'un rire cruel et rauque qui lui montait du ventre.

Elle le repoussait. Elle le méprisait. Elle...

Elle devait être aussi forte que lui, mais à cause de sa pose, dans le fond de l'auto, elle était incapable de faire un mouvement pour se dégager.

Son cou était épais, musclé, pas du tout le genre du cou de Sheila. Il avait hâte que ce fût fini. Il souffrait autant qu'elle. Quand elle mollit enfin, il se produisit en lui un phénomène qu'il n'attendait pas, qui le surprit, le gêna, lui fit penser en rougissant aux paroles de Lorraine :

« *Un besoin de salir...* »

Il dit, tourné vers le barman :

— Un scotch and soda.

Et il pénétra tout de suite dans la cabine téléphonique. Il s'attendait à ce que le barman le regarde curieusement. Or il ne parut pas faire attention à lui, peut-être parce qu'il était en conversation animée avec un autre Italien qui portait un chapeau beige et à qui devait appartenir la Cadillac stationnant devant la porte.

Il les voyait à travers la vitre de la cabine, et aussi un autre client, un grand roux aux cheveux rares et soyeux qui regardait son verre avec l'air de lui raconter ses pensées.

— Donnez-moi le poste de police de Sharon, s'il vous plaît, miss.

— Vous ne voulez pas plutôt celui de Hartford ?

Il insista.

— Non. C'est personnel.

Cela prit du temps. Il entendait les téléphonistes qui bavardaient d'un standard à l'autre.

— Allô ! ! Le poste de Sharon ? Pourrais-je parler au lieutenant Averell ?

Il craignait qu'on lui réponde :

— De la part de qui ?

Il ne pouvait pas dire son nom sans que la plus proche voiture de police soit alertée par radio pour venir le cueillir. Cela lui faisait très peur. Il aurait pu s'enfuir s'il l'avait voulu. Il y avait pensé, mais sans conviction. Surtout qu'il aurait dû s'arrêter quelque part pour se débarrasser du corps.

A quoi bon ? Pour quoi faire ?

C'était tellement plus simple ainsi ! Ils auraient l'impression de gagner la partie. Ils seraient contents. Ils allaient pouvoir chanter leurs hymnes.

— Le lieutenant n'est pas de service ce soir. Y a-t-il un message à lui transmettre ?

— Merci. C'est personnel. Je vais l'appeler chez lui.

Quelle heure était-il ? Il n'avait pas emporté de montre. De sa place, il ne voyait pas l'horloge du bar. Pourvu qu'Averell ne soit pas allé à la seconde séance de cinéma !

Il trouva son numéro à l'annuaire, eut le soulagement d'entendre sa voix.

— Ici, Spencer Ashby ! dit-il alors.

Cela créa comme un vide. Il avala sa salive, poursuivit :

— Je suis au *Little Cottage*, près de Hartford. J'aimerais que ce soit vous qui veniez personnellement me chercher.

Averell ne lui demanda pas pourquoi. Etait-il en train de se tromper, comme les autres ? La question qu'il posa surprit Spencer :

— Vous êtes seul ?

— Maintenant, oui...

On raccrocha. Il aurait préféré attendre dans sa cabine, mais il ne pouvait pas s'y éterniser sans attirer l'attention. Pourquoi ne téléphonerait-il pas à Christine pour lui dire au revoir ? Elle avait fait de son mieux. Ce n'était pas sa faute. Elle devait guetter le téléphone. Peut-être, comme c'était arrivé plusieurs fois, la sonnerie avait-elle retenti et avait-elle attendu en vain qu'on parle, n'entendant qu'une respiration quelque part dans l'espace.

Il ne l'appela pas. Quand il s'approcha du bar et se hissa sur son tabouret, les deux hommes parlaient toujours en italien. Il but d'un trait la moitié de son verre, regarda droit devant lui et, entre les bouteilles, aperçut son visage dans la glace, presque entièrement barbouillé de rouge à lèvres. Il se mit à l'effacer avec son mouchoir sur lequel il crachait avant de se frictionner la peau, et cela sentait comme quand il était petit.

L'ivrogne aux cheveux roux le regardait d'un air médusé, ne pouvait s'empêcher de lui lancer :

— Pris du plaisir avec les femelles, frère ?

Il avait si peur d'attirer l'attention avant l'arrivée du lieutenant qu'il sourit lâchement. Le barman s'était tourné vers lui à son tour. On aurait presque pu suivre sur son visage de boxeur le lent travail qui s'effectuait dans son esprit. D'abord il ne fut pas tout à fait sûr de sa mémoire. Puis il regarda par le judas. Soupçonneux, il allait jeter un regard dans la seconde salle.

En revenant, il dit quelques mots à son compagnon, qui avait toujours son chapeau sur la tête, un pardessus en poil de chameau et une écharpe.

Ashby, qui commençait à sentir le danger, vida son verre, en commanda un autre. Il n'était pas sûr qu'on le lui servirait. Le barman attendait le retour de son compagnon qu'il avait envoyé dehors.

Averell en avait encore pour dix bonnes minutes à arriver, même en faisant fonctionner sa sirène. Il devait rester deux couples de l'autre côté de la cloison.

Il faisait mine de boire son verre vide, et ses dents s'entrechoquaient. Le barman, sans le quitter des yeux, avait l'air de se préparer. Son tatouage se dessinait dans tous ses détails. Il avait les bras velus, la mâchoire inférieure proéminente, le nez cassé.

Il n'entendit pas la porte s'ouvrir, mais sentit l'air glacé dans son dos. Il n'osa pas se retourner pendant que la voix de l'homme au manteau de poil de chameau parlait dans sa langue avec volubilité.

C'est ce qu'il avait craint. Averell aurait beau faire, il arriverait trop tard. Ashby aurait été mieux inspiré d'appeler n'importe quel poste de police ou d'y aller lui-même en auto.

Le barman contournait le comptoir, prenant son temps, mais ce n'était pas lui qui frappait le premier, c'était l'homme roux, après avoir failli s'étaler par terre en descendant de son tabouret. A chaque coup, il prenait du recul, s'élançait.

Il essaya de leur dire :

— J'ai appelé moi-même la police...

Ils ne le croyaient pas. Personne ne le croirait plus. Sauf une personne qu'il ne connaîtrait jamais : l'homme qui avait tué Belle.

Ils frappaient dur. Sa tête résonnait, ballottait de gauche à droite comme un mannequin de foire, et ceux de l'arrière-salle arrivaient à la rescousse avec les filles qui se tenaient à distance pour regarder. Il y en avait un qui avait du rouge à lèvres sur la figure aussi et c'est celui-là, un petit, râblé, qui lui donna un violent coup de genou dans les parties en grondant :

— Attrape ça !

Quand le lieutenant Averell, précédé d'un hurlement de sirène, ouvrit la porte, encadré de deux policiers en uniforme, il y avait longtemps que Spencer Ashby était par terre, au pied d'un tabouret, à tout le moins évanoui, avec du verre pilé autour de lui, du sang qui lui coulait des lèvres.

Peut-être à cause de cette rigole rouge qui lui allongeait la bouche, on aurait dit qu'il souriait.

Shadow Rock Farm, Lakeville (Connecticut), le 14 décembre 1951.

Composition réalisée par JOUVE

IMPRIMÉ EN FRANCE PAR BRODARD ET TAUPIN
La Flèche (Sarthe)
LIBRAIRIE GÉNÉRALE FRANÇAISE - 43, quai de Grenelle - 75015 Paris.
ISBN : 2 - 253 - 14222 - 0